Andreas Tyrock (Hg.)
Tatort Gasometer

KLARTEXT

Andreas Tyrock (Hg.)

Tatort Gasometer

Kriminalgeschichten

Impressum

2. Auflage März 2016

Umschlaggestaltung: Angelika Hannig-Wirth, Essen
Satz und Gestaltung: Kathrin Butt, Essen
Titelbild: Thomas Machoczek
Fotos im Innenteil: Kathrin Butt, Essen
Druck und Bindung: DjaF, PL-30-092 Kraków, ul. Kmietowicza 1
© Klartext Verlag, Essen 2015
ISBN 978-3-8375-1508-4
ISBN ePUB 978-3-8375-1540-4

Alle Rechte der Verbreitung, einschließlich der Bearbeitung für
Film, Funk und Fernsehen, CD-ROM, der Übersetzung, Fotokopie
und des auszugsweisen Nachdrucks und Gebrauchs im In- und
Ausland sind geschützt.

www.klartext-verlag.de

Bibliografische Information der Deutschen Bibliothek
Die Deutsche Bibliothek verzeichnet diese Publikation in der
Deutschen Nationalbiografie; detaillierte bibliografische Daten
sind im Internet über http://www.dnb.de abrufbar.

KLARTEXT　　Friedrichstr. 34–38, 45128 Essen
info@klartext-verlag.de, www.klartext-verlag.de

INHALT

ANDREAS TYROCK
VORWORT

Auch das ist eine Form des Strukturwandels im Revier: Nirgends sonst in Deutschland blüht die Krimischreiber-Szene schon so lange und vielfältig wie im Ruhrgebiet. Und zwar nicht nur unter den Profis, sondern auch unter den Lesern der WAZ. An dem Kurzkrimi-Wettbewerb „Tatort Gasometer", den die WAZ gemeinsam mit dem Klartext Verlag und dem Gasometer in Oberhausen ins Leben gerufen hat, beteiligten sich junge wie alte Leser – mit Geschichten, die eine enorme Bandbreite von Phantasie und kriminalistischem Gespür erkennen lassen – ganz zu schweigen von einem offensichtlich großen Potenzial an krimineller Energie.

Es sind historische Kurzkrimis darunter aus den Jahren 1927 bis 1929, als der Gasometer für die Gutehoffnungshütte in eine Höhe von 117,5 Metern wuchs. Es gibt kuriose Geschichten von heimlichen Urnen-Ausschüttungen und bösen Verbrecher-Überlistungen bis hin zu solchen von Künstlern, die alles, aber auch alles unternehmen, um im Gasometer ausstellen zu dürfen. So spiegelt sich die Karriere des Gasometers als höchste Ausstellungshalle Europas in den Kurzkrimis wider ebenso wie sein Umbau 1993/94 und einzelne Ausstellungen wie „Der Schöne Schein". Gehörnte Ehemänner, seltsame Privatdetektive und Rentnerinnen mit extrem langen Fingern – „Tatort Gasometer" versammelt die gesamte Bandbreite des täglichen Ruhrgebiet-Lebens im Allgemeinen und des kriminellen Miteinanders im Besonderen.

Verbrechen lohnen sich vielleicht nicht – darüber zu schreiben lohnt sich aber schon. Das werden am Ende nicht nur die mit Preisgeldern belohnten Gewinner unseres Kurzkrimi-Wettbewerbs gedacht haben, sondern alle WAZ-Leser, deren Kriminalgeschichten in diesem Sammelband abgedruckt sind. Dies ist eine Auszeichnung, über die sich jeder der Autoren freuen dürfte. Sie können stolz auf das sein, was sie geleistet haben.

Markus Alferi

RACHE IST
BLUTDURST

Die Erste?"

„Nein, Herr Oberkommissar Faust, während meiner Ausbildung an der preußischen Polizeiakademie in Berlin habe ich in Pathologieseminaren diverse Leichen begutachten können."

Kommissar Walter Pieper hockte am Boden der Baustelle für den neuen Scheibengasbehälter und betrachtete den Leichnam. Der süffisante Unterton in der Frage seines älteren Kollegen Hugo Faust war ihm nicht entgangen. Aus den Augenwinkeln konnte Pieper sein spöttisches Lächeln erkennen. Er schenkte ihm keine weitere Beachtung und widmete sich wieder dem Grund ihres Besuchs auf dem Gelände der Gutehoffnungshütte.

Der linke Arm des tot aufgefundenen jungen Mannes war in unnatürlichem Winkel auf dem Rücken verdreht, die übrigen Gliedmaßen waren weit ausgestreckt. Er lag auf dem Bauch.

„Wie hieß er?"

„Kobinski. Karl Kobinski. Tagelöhner."

„Wissen Sie sonst noch etwas über ihn? Hat er sich anderweitig noch etwas dazuverdient?"

Der Bauleiter beäugte den im Sand liegenden Körper aus gebührendem Abstand. Seine Petroleumlampe erhellte die Szenerie in dem ansonsten dunklen Stahlzylinder. „Sie meinen wegen der zwei toten Zuhälter auf Zeche Osterfeld? Kann sein, weiß ich aber nicht. Ich habe mit solchen Leuten nichts zu tun." Er verschränkte die Arme vor der Brust.

„War er allein auf dem Gerüst?"

„Ja, hier ist um diese Zeit kein Arbeiter mehr. Ich kam auch nur zufällig vorbei, weil ich meine Pläne vergessen hatte. Da hab ich ihn gefunden. Weiß der Teufel, was er hier noch zu suchen hatte." Der dickliche Bauleiter blickte fragend den neben ihm stehenden Faust an, der mit einem Achselzucken antwortete.

Pieper hob vorsichtig den Kopf der Leiche an. Ein blutiger, von Sehnen und zerrissener Haut zusammengehaltener Brei aus Fleisch und Knochenstücken. „Er muss aus großer Höhe gefallen sein. Die Knochen in seinem Gesicht und wahrscheinlich auch die in seinem Körper sind regelrecht explodiert." Kommissar Pieper legte Kobinskis Kopf zurück in den Staub. Er stand auf und schaute die eingerüsteten, scheinbar endlos in den Himmel emporragenden Wände entlang nach oben.

„Wie hoch wird der Gasometer eigentlich?"

„120 Meter", erklärte der Bauleiter stolz.

„Wie hoch ist er jetzt?"

„Ungefähr hundert Meter."

„Können wir hinauf?"

Faust und der Bauleiter wirkten unangenehm überrascht.

„Und was machen wir dort oben?", fasste der Bauleiter diese Überraschung in Worte.

„Entschuldigen Sie bitte den jugendlichen Tatendrang, Herr Gräfen", Faust drehte sich zum Bauleiter um, „aber Herr Kommissar Pieper kommt frisch von der Akademie und will sich wohl beweisen."

Zu Pieper gerichtet sprach er mit herablassender Stimme: „Wir haben es hier mit einem Unfall zu tun, mein werter Kollege. Er ist das Gerüst hinuntergestürzt. Allenfalls war es Selbstmord."

„Es war kein Selbstmord und auch kein Unfall. Sehen Sie sich den Ärmel seiner Jacke an. Er ist abgerissen. Das zeugt von einem Kampf. Er muss sich gewehrt haben. Gewehrt dagegen, vom Gerüst gestoßen zu werden."

„Wenn Sie doch schon wissen, dass er hinunter gestoßen wurde, warum wollen Sie dann hinauf?"

„Daktoloskopie."

„Was ist das? Wieder so ein neumodischer Kram?"

„Neu ist dieses Verfahren in der Tat. Die Fingerkuppen eines jeden Menschen unterscheiden sich anhand der Linien auf seiner Haut. Sobald jemand etwas berührt, hinterlässt er darauf einen Fettabdruck dieser Linien. Solche Fingerabdrücke möchte ich oben auf dem Gerüst suchen. Da sie bei jedem Menschen einzigartig sind, können sie uns zum Mörder führen."

Triumphierend zog Pieper einen Pinsel und ein Puderdöschen aus seiner Manteltasche.

„Das ist doch Hokuspokus. Wir klettern doch jetzt nicht da hoch, nur damit Sie ein paar Fettabdrücke suchen können!"

Faust lachte höhnisch.

Kommissar Pieper blieb ruhig.

„Sie wollen nicht auf dieses Gerüst. In Ordnung. Aber beantworten Sie mir doch wenigstens die Frage, woher Sie und der Bauleiter sich kennen."

Das Lachen verstummte. Die beiden Herren schauten Pieper verblüfft an. Bevor sie irgendetwas erwidern konnten, fuhr Pieper fort.

„Sie haben den Bauleiter eben mit Namen Gräfen angesprochen. Er hat sich uns aber, seit wir auf dem Hüttengelände eingetroffen sind, nicht namentlich vorgestellt."

„Jaja, wir kennen uns flüchtig. Oberhausen ist nicht Berlin. Hier läuft man sich schon mal über den Weg."

Faust nahm ein Taschentuch aus seiner Hemdtasche und tupfte sich Schweißperlen von der Stirn. Bauleiter Gräfen trat nervös von einem Fuß auf den anderen.

„Sie hielten es nicht für nötig, mir gegenüber ihre Bekanntschaft zu erwähnen", fuhr Pieper fort, „und Sie möchten nicht, dass ich eine Daktoloskopie durchführe. Befürchten Sie etwa, dass ich dort oben Ihre Fingerabdrücke finde?"

„Das ist doch wohl nicht Ihr Ernst!", schrie Faust, sein Kopf nahm eine dunkelrote Farbe an. „Das lasse ich mir nicht bieten! Ich werde eine Dienstaufsichtsbeschwerde wegen Verleumdung gegen Sie einreichen. Sie unterstellen mir ein Kapitalverbrechen. Da ist mir auch egal, ob Ihr Vater der Polizeipräsident von Potsdam ist. Und überhaupt, wie soll ich etwas damit zu tun haben? Er ist doch eben erst gestorben. Da waren wir zusammen auf der Wache."

„Falsch. Kobinskis Blut ist geronnen. Er muss schon länger hier liegen. Außerdem konnte Herr Gräfen uns sofort mitteilen, um wen es sich bei dem Toten handelt. Haben Sie sich sein Gesicht angesehen? Den würde nicht mal mehr seine eigene Mutter erkennen. Woher wusste der Bauleiter dann, wer hier liegt?"

Pieper lächelte und fuhr fort: „Sie und Herr Gräfen haben kurz nach Schichtende Kobinski auf dem Gerüst aufgehalten und ihn hinunter gestoßen. Dann sind Sie zum Revier gegangen und Herr Gräfen nach Hause. Herr Gräfen ist dann absprachegemäß nach Stunden hierher zurückgekehrt und hat uns benachrichtigt."

„Pieper, hören Sie", Faust sprach jetzt ganz ruhig, „Kobinski war ein kleiner Lude. Hat uns hin und wieder ein Flittchen aus der Eisenheimsiedlung zugeführt. Was soll's, wir sind schließlich Männer. Aber nach den Morden auf Osterfeld hat er Angst bekommen, wollte auspacken. Damit hätte er uns ruiniert. Die Welt ist nicht schlechter ohne ihn. Kommen Sie Pieper, stecken Sie den Pinsel ein und belassen Sie es beim Selbstmord. Wir wollen doch alle keine Probleme wegen dieses Kerls." Faust deutete auf den zerschmetterten Kobinski. Bauleiter Gräfen grinste.

„Was für Flittchen?"

Faust und Gräfen schauten Pieper verdutzt an.

„Sie sprachen von irgendwelchen Flittchen, die Kobinski Ihnen zugeführt hat. Wen genau meinen Sie?"

„Sie wissen schon", Faust grinste Pieper schmierig lächelnd an, „irgendwelche jungen Proletarierweiber, die sich ein bisschen was dazuverdienen wollen. Wenn Sie Lust haben, mache ich Sie mit ein paar von denen bekannt. Aber zuerst sollten wir dieses Missverständnis hier vergessen." Faust und Gräfen blickten Pieper erwartungsfroh an.

„Ich vergesse nicht", enttäuschte er sie sogleich.

Unvermittelt griff Faust in die Innentasche seines

Mantels. Ein großer Revolver blitzte hervor. Doch bevor er zielen konnte, warf Pieper die Tuschedose auf ihn. Er traf Faust im Gesicht. Eine große Wolke schwarzen Staubs breitete sich über ihm aus. Hustend ließ er den Revolver fallen.

Plötzlich machte Gräfen einen Satz auf Pieper zu. Im Affekt streckte Pieper den Pinsel aus. Er traf Gräfen an der Kehle. Röchelnd fiel er zu Boden.

Dann fielen Schüsse. Faust, der wieder zu Atem gekommen war, hatte seinen Revolver aufgehoben und feuerte wild ins Dunkel. Aber er traf nicht. Als die Trommel leer war, hob Walter Pieper die neben Gräfen liegende Lampe auf. Der Bauleiter röchelte nicht mehr.

Pieper trat auf Faust zu.

„Pieper, bitte! Ich habe Familie."

Schützend hielt er seine fleischigen Hände zwischen sich und Pieper und wich zurück, während dieser langsam auf ihn zutrat.

„Ich hatte auch Familie. Eine Schwester, Helene."

Faust verstand nicht.

„Ich werde Ihnen auf die Sprünge helfen", fuhr Pieper fort, während er Faust immer weiter zurückdrängte, „sie war eines dieser Flittchen, wie Sie sie nennen. Sie wollte ihr Glück im Ruhrgebiet suchen, ist aber an den falschen Mann geraten. Kobinski."

„Was? Ich wusste ja nicht ... ich habe sicher nicht ...", stammelte Faust.

„Meine Schwester konnte die Schändungen irgendwann nicht mehr ertragen. Sie nahm sich das Leben. Vorher schrieb sie meinen Eltern und mir einen Abschiedsbrief, in dem sie uns von ihrem Leid berichtete. Mein Vater sorgte sofort dafür, dass ich hierher versetzt wurde, um Karl Kobinski zu finden. Sie sind mir wohl zuvorgekommen."

„Die toten Zuhälter. Das waren Sie!"

Faust stolperte im Rückwärtsgehen über eine am Boden liegende Holzlatte und fiel. Kommissar Walter Pieper trat direkt über ihn.

„Immerhin kann ich noch einige ihrer Peiniger zur Rechenschaft ziehen. Rache ist Blutdurst." Pieper zog seinen Revolver.

Fausts Augen waren vor Angst weit aufgerissen. Sein Gesichtsausdruck erstarrte mit dem Schuss, der durch den leeren Gasometer hallte.

THOMAS BENEKE

DAS ZWEITE GESICHT

Der Morgen des 14. April begann im Altenheim „Hubertusresidenz" wie jeder andere Tag. Um 8:04 Uhr saßen fast alle Bewohner an ihren Plätzen am Frühstückstisch und warteten auf die obligatorischen Kaffeekannen. Jeder Bewohner hatte seinen festen Platz im Speisesaal und verteidigte diesen auch mit Händen und Gehhilfen. So konnte man gleich erkennen, wer noch mit Abwesenheit glänzte. Im Radio lief WDR 5, es herrschte angespannte Stille. Alle Augen waren auf die doppelflügelige Zugangstür zum Speisesaal gerichtet.

Heute hatten die Altenpfleger Pascal Brinkmann und Britta Hollenstätt Küchendienst. Pascal verdrehte in Erwartung des gleich Folgenden die Augen und sagte in gedämpftem Ton zu seiner Kollegin: „Jeden Morgen dat Gleiche mit den beiden, langsam hab ich et echt satt, weiße dat?"

„Dat wird sich auch nich mehr ändern, sollen se sich doch meinetwegen die Köppe einschlagen", antwortete Britta Hollenstätt gelangweilt.

Plötzlich kam Bewegung in die Seniorengruppe und alle Blicke gingen in Richtung Eingangstür. Aus dem Flur vernahm man erste Beschimpfungen, begleitet von Geräuschen, die sich wie aufeinanderschlagendes Metall anhörten. Die Kampfgeräusche wurden lauter und im Türrahmen erschienen fast gleichzeitig die Frontansichten von zwei Rollatoren. An den Lenkstangen Horst Kabulke und Gert Kloppeck, altägyptischen Streitwagenlenkern gleich. In einer Halterung an der Seite ihrer Rollatoren steckten jeweils schlagbereite Gehstöcke. Mit einem scheppernden Geräusch verkeilten sich beide Rollatoren im Türrahmen, der für eine gleichzeitige Passage nicht konzipiert war. Den Spuren am Rahmen nach zu urteilen war es nicht das erste Duell im Morgengrauen.

Kloppeck nutzte geschickt einen kurzen Moment der Unachtsamkeit Kabulkes, um sich mit einem gezielten Rempler den entscheidenden Vorteil zu sichern. Mit einem schleifenden Geräusch löste sich sein Streitwagen aus der Türverkleidung und Kloppeck entschied das heutige Duell für sich.

Mit einem triumphierenden „Hahaaa" steuerte Kloppeck seinen angestammten Platz am Tisch von Käthe Strohtkamp an, die ihn mit einem Seidentuch winkend empfing. Das Werfen von Blütenblättern hatte man ihr vor einiger Zeit untersagt, weil dies den Boden rutschig machte.

„Du alter Drecksack, dat zahl ich dir noch heim, du mit deine faulen Tricks", rief ihm Kabulke hinterher, als er seinen Streitwagen in die ihm zugeteilte Ecke der Arena schob. Der Tag begann vielversprechend.

Nachdem die letzten Beschimpfungen zwischen den beiden Kontrahenten ausgetauscht waren, ergriff Pascal Brinkmann das Wort. „Darf ich kurz um Ihre Aufmerksamkeit bitten? Die Busse für den heutigen Ausflug zum Gasometer Oberhausen fahren pünktlich um 10 Uhr vom Parkplatz ab." Mit strengem Blick wandte er sich an Kabulke und Kloppeck: „Und Sie, meine Herren, möchte ich bitten, sich wenigstens heute am Riemen zu reißen und den anderen den Tag nicht zu versauen. Das sollten Sie wohl hinbekommen." Die abschließenden Kommentare von Kabulke und Kloppeck gingen im Klappern der Gebissprothesen und Nana Mouskouris Lied „Weiße Rosen aus Athen" unter.

Das Besteigen der Busse und die anschließende etwa halbstündige Fahrt zum Gasometer verlief ohne Zwischenfälle, da man Kabulke und Kloppeck in unterschiedlichen Bussen zum Zielort brachte. Der kleine Konvoi erreichte um 10:27 Uhr den Gasometer. Sogleich setzte sich ein illustrer Zug aus Rollator-Quadrigen, Begleitpersonal und rüstigen Gehstocksenioren in Bewegung. Opa Kabulke führte eine kleine Gruppe an, dicht gefolgt von Kloppeck, der langsam auf Kabulkes Pole-Position Boden gut machte. Ein erster Rollatorkontakt zwischen den beiden erfolgte kurz vor Erreichen des Kassenbereichs, als Kloppeck Kabulke mit einem Hackenrempler kurz aus dem Rhythmus brachte. Nur mit einem abrupten Bremsmanöver, ergänzt durch ein Ausweichmanöver nach links, entging Kloppeck dem nun folgenden Gehstockschwinger Kabulkes. Das Einschreiten der Begleitpersonen verhinderte Schlimmeres und die kleine Gruppe betrat den Gasometer, um sich anschließend in der weitläufigen Ausstellungsfläche zu zerstreuen.

Die nächste Stunde verlief ohne ernste Zwischenfälle. Gerade als Frau Breitenbach dabei war, Frau Hoppenstädt zu erklären, dass das gerade begutachtete Gemüsebild von Giuseppe Arcimboldo nicht die Darstellung des heutigen Mittagessens sei, wurde die trügerische Ruhe durch einen gellenden Schrei zerrissen. Begleitet wurde der Schrei vom scheppernden Geräusch eines eine Eisentreppe hinunterstürzenden Rollators und dem dumpfen Aufschlag eines menschlichen Körpers. Ein Schrei des Entsetzens zerriss die Stille. Beschäftigte und Besucher eilten, mehr oder weniger schnell, zum Unglücksort. Auf dem Betonboden am Fuß der Treppe lag Gert Kloppeck in einer sich schnell ausbreitenden Blutlache, neben ihm sein Rollator.

Als die Blicke der Anwesenden zum oberen Ende der Treppe wanderten, konnte man den völlig entsetzten Kabulke dort stehen sehen, welcher augenblicklich in den Verteidigungsmodus schaltete und rief „Ich war dat nich, ääährlich nich, ich hab damit nix zu tun, ich stand bei dat Sturmbild von den Caspar Friedrich, ääährlich." Niemand sah, wie eine hinter ihm stehende Person zurück in den dunklen Schatten eines Eisenträgers trat.

Nur ein kleiner dicker Junge mit einem Doppelschokoriegel in der Hand hatte die Person gesehen und zupfte ungeduldig am Jackenärmel seiner Mutter. Die Mutter, fasziniert auf die sich ausbreitende Blutlache starrend, wies ihn zurecht: „Männeken, wenn du getz nich aufhörst an mein Ärmel zu reißen, dann gib dat heute Abend abba keine Pizza, hasse mich getz?" Diese Drohung ließ den dicken Jungen augenblicklich verstummen.

Der eintreffende Notarzt konnte nur noch das Ableben von Gert Kloppeck feststellen. Die fast zeitgleich eingetroffene Polizei begann mit der Befragung der Umstehenden. Frau Struck, die immer schon als Sympathisantin des soeben verstorbenen Gert Kloppeck galt, schrie Kabulke unter anhaltendem Stupsen mit ihrer Gehhilfe an: „Dat musste ja irgendwann so kommen, du alten Mörder!" Kabulke, dem es gelang, die Gehhilfe von Frau Struck zu packen, schrie zurück: „Ich war dat nich, du alte Schabracke, wie oft soll ich dat noch sagen."

Die Mehrzahl der befragten Heimbewohner konnte sich sehr gut vorstellen, dass der als Hauptverdächtiger vorläufig festgenommene Horst Kabulke als Täter in Frage kam. Niemandem fiel der am Vorderrad von Kloppecks Rollator eingeklemmte Gummipfropfen einer Gehhilfe auf.

Die Polizisten führten Kabulke zum Streifenwagen und die Bewohner des Altenwohnheims „Hubertusresidenz" wurden nach der Behandlung von drei Schwächeanfällen wieder zurück in ihre Heimstatt gebracht.

Sechs Tage später betrat Werner Gosejohann, Versicherungsvertreter der Zürcher Assekuranz, die Hubertusresidenz, um mit der einzigen Erbberechtigten von Gerd Kloppeck, Käthe Strohtkamp, über dessen Lebensversicherung zu sprechen. Als sich Gosejohann nach einer Stunde wieder von Käthe Strohtkamp verabschiedete, senkte sie ihr tränengetränktes Seidentuch und ein leichtes Schmunzeln spielte um ihre Mundwinkel. Soeben war sie um 376.985 Euro reicher geworden.

Zwei Tage später trippelte sie über die verschlungenen Wege des Gartens der Residenz. Der neue Gummipfropfen an ihrem Stock gab ihr besten Halt. Aus dem schmalen Schatten einer Säulenzypresse trat plötzlich Horst Kabulke heraus. Aus Mangel an Beweisen hatte man ihn wieder auf freien Fuß gesetzt. Zärtlich legte er seinen Arm um sie und drückte ihr einen zarten Kuss auf die nicht mehr ganz glatte Wangenhaut. Er flüsterte ihr „Gut gemacht, meine Perle" ins Ohr und versetzte ihr einen leichten Klaps aufs Hinterteil.

„Huuuch, nicht so stürmisch mein wilder Hengst", antwortete sie lasziv kichernd und fügte vielsagend hinzu: „Übrigens, unser Neuzugang, dieser Joseph Pawlak, hat ein Auge auf mich geworfen. Der soll bis zu seiner Rente eine gut gehende Schnellreinigung in Castrop-Rauxel gehabt haben!"

Nur die Stadttaube in der großen Platane sah das Grinsen in ihren Gesichtern, als Kabulke fragte: „Für wann war eigentlich der Ausflug in den Zoo nach Gelsenkirchen geplant?"

„In zwei Monaten", antwortete Käthe Strohtkamp. Als sie hinter dem großen Rhododendron verschwanden, konnte man Kabulke gerade noch sagen hören: „Na dann an die Arbeit."

Vier Wochen später zerriss um 8:03 Uhr ein schepperndes Geräusch an der Doppelflügeltür die Harmonie des Frühstücksaals in der „Hubertusresidenz". Der Rollator des Neuzugangs, Joseph Pawlak, hatte sich mit dem von Horst Kabulke im Türrahmen verkeilt.

PETRA BRUMSHAGEN
RUHRPOTTLIEBE

Wenn der Polizist Rudi Schmattke über die A 516 Richtung Oberhausen zur Arbeit fuhr, freute er sich von Weitem den Gasometer zu sehen. So auch an einem sonnigen Montagnachmittag im Juni. Vor zwölf Jahren hatte ihn seine Ute gebeten, mit ihr nach Schmachtendorf zu ziehen, und er hatte klein beigegeben. Seither musste er sich mit den Erinnerungen an die Zeit begnügen, als er nur ein paar Meter laufen musste, um im Schatten des riesigen Industriedenkmals in den Kanal zu springen und verbotenerweise einmal ans andere Ufer und wieder zurück zu schwimmen. Er beneidete seine Schwester, die seit Kindertagen dort wohnte, heute mit Mann und Sohn. Er holte tief Luft. Ausgerechnet sein Neffe kam in den Genuss geschichtsträchtiger Umgebung, war aber zu blöd für einen einfachen Dreisatz.

Rudi seufzte und schaltete pflichtbewusst einen Gang runter, gleich würde er den Blitzer passieren. Sein Blick fiel zunächst nur kurz auf die geliebte dicke Tonne. Aber er sah sofort, dass etwas nicht stimmte – und trat vor Schreck aufs Gaspedal. In diesem Moment blitzte es grell. „Scheiße, verflucht."

Wenige Stunden vorher hatte Ralf, genannt Ralle, in einem idyllischen Wohngebiet nahe beim Gasometer mit großer Wucht einen dicken Stein weggekickt und zu seinem Kumpel Sebastian gesagt: „Boah, Alter, ich glaub, ich hab voll abgekackt, ey." Sebastian, genannt Semmel, trank den letzten Schluck seines Energy Drinks und legte den Kopf dabei so weit in den Nacken, dass er beim Laufen Schlagseite bekam. Er rülpste einen süßen Schwall in die Luft und warf die leere Dose über einen Gartenzaun. „Ach, scheiß doch drauf. Wen interessiert schon Mathe?"

„Meinen Vadder, du Spacko."

„Dann sachet ihm halt nich. Meine Fresse."

Ralle, sauer über die Reaktion seines Kumpels, schubste diesen fester als geplant, Semmel krachte in einen morschen Jägerzaun und landete im Gestrüpp eines überwucherten Gartens. „Samma, hastu'n Vollschaden, du Penner?", schrie Semmel wütend. „Ausgerechnet beim ollen Schmierlapp in den Garten, bisse bescheuert?"

Dass Ralle plötzlich weiß war wie die Wand und mit offenem Mund in Semmels Richtung starrte, beeindruckte den wenig – bis er den Kopf drehte und in einen Gewehrlauf sah.

„Ihr geht mir jeden Tach auffe Nerven, wenn ihr hier langlatscht. Ständig am rumnölen und nur Fisematenten im Kopp." Der Alte mit dem Gewehr räusperte sich bedrohlich. „Wo du mir gerad so vor die Flinte komms, kann ich dem ja endlich ma'n Ende setzen."

Ralle war zu einer Eisskulptur erstarrt, Semmel zitterte am ganzen Körper. „Ey, machen Sie doch keinen Scheiß, Mann. Ich mach alles, wattse wollen!" Er fing an zu wimmern. Der Alte zog Rotz in der Nase hoch und spuckte aus.

„Mann, bitte", flehte Semmel weiter. „Wir können doch irgendwat für Sie tun. Den Zaun reparieren oder sowat." Er faltete automatisch seine Hände wie ein Betender. Dasselbe tat er, wenn er sich vom Schiri zu Unrecht mit Gelb oder Rot bestraft fühlte.

„Mitkommen." Der Alte ließ seine Waffe langsam sinken und deutete mit ihr in Richtung Haus. Als sie die olle Bude betraten, fielen den Jungs fast die Augen aus. Die Wände waren mit Bildern behängt und alle stellten dieselbe nackte Frau dar. Nackt am Kanal, nackt vorm Gasometer, nackt vor der St. Antony-Hütte, nackt vorm Niederrheinstadion, nackt vorm Schloss, nackt vor der Burg Vondern, nackt im Kaisergarten.

„Wat is dat denn alles?", platzte Ralle heraus.

„Dat is die Ilse. Meine große Liebe", sagte der Alte sanft. „Von mir gemalt." Er nahm tief Luft und seufzte. „Ich brauch gezz eure Hilfe." Er deutete auf eine überdimensionale eingerollte Plane. „Ihr nehmt dat Teil, dann packen wir die Bilder ein und los geht's."

Schweißgebadet standen die drei eine halbe Stunde später am Gasometer. Der Umweg, den sie zur Vorsicht gelaufen waren, führte mitten durch eine grüne Wildnis. Der Alte hatte mit einem Bolzenschneider Zäune durchgeschnitten, die im Weg waren. In einem Bollerwagen lagen hunderte von Aktbildern.

„Schomma geklettert?" Der Alte hatte sein Gewehr über die Schulter gehängt und holte Karabiner und Seile hervor.

„Ja, letztens mit nem Kumpel im Klettergarten hier nebenan, bevor so'n Vollhonk die Bäume umgesäbelt hat", erwiderte Ralle. „Aber da waren wir total voll", ergänzte Semmel grinsend. „Also besoffen."

„Ey, wir sind aber ja keine Industriekletterer", gab Ralle zu bedenken. „Mann, ich hab zugesehen, wie die hier zu sechst das Plakat aufgehängt haben. Die haben nen ganzen Tach gebraucht. Und die machen dat beruflich!"

„Ihr kriegt dat schon hin. Muss ja keinen Schönheitspreis gewinnen, nur seinen Zweck erfüllen. Also sichert euch mit dem Gedöns hier." Der Alte warf ihnen die Kletterausrüstungen hin und prüfte die schon vorher angebrachten herabbaumelnden Seile am Stahlmantel des Gasometers, während die Jungs sich zögerlich präparierten.

„Jetzt macht hinne. Rauf da", befahl der Alte. „Ich geh rein und häng die Bilder auf." Er holte einen Schneidbrenner hervor und machte sich ans Werk.

„Was is'n, wenn jemand kommt?", fragte Ralle.

„Ich hab doch gesacht, ich hab dat Monate vorbereitet. Et is an alles gedacht. Heut is Montach, da haben die zu. Und wenn doch jemand kommt, hab ich ja dat hier." Der Alte wedelte mit dem Gewehr.

Semmel und Ralle schauten einander besorgt an. Gemeinsam mit der Plane die Außenwand des Gasometers hochzukommen, das war ein ganz schöner Kraftakt für die Jungs. Aber getrieben von der Unberechenbarkeit des Alten schafften sie es hinauf in schwindelerregende Höhen.

Irgendwann hing das gigantische Plakat und verdeckte krumm und schief immerhin einen Teil der Werbung für die Ausstellung „Der schöne Schein". Während sie vollkommen ausgelaugt und buchstäblich in den Seilen hingen, stieß Ralle Semmel an. „Was hat der nur vor?"

„Hat er doch gesacht. Seine Bilder einschleusen und aufhängen und damit seine Ische wiederkriegen. Wenn er fertig ist, lässt er uns wieder runter."

Als Ralle gerade etwas erwidern wollte, ertönte ein Schuss. Erschrocken sahen sie einander an. „Scheiße. Ich sach jetzt meinem Onkel Bescheid." In etwa achtzig Metern Höhe baumelnd, nestelte Ralle an seiner Hosentasche herum, bis er sein Smartphone herausziehen konnte.

Der Wind war so heftig, dass Ralle schreien musste. „Onkel Rudi? Hier ist Ralf. Du musst irgendwas tun. Der alte Schmierlapp aus unserer Straße, du weißt schon, der im Horrorhaus. Der hat uns gezwungen, den Gasometer hochzuklettern. Und jetzt hat er wahrscheinlich jemanden erschossen. Und Semmel und ich hängen hier rum und kommen nicht mehr runter, weil der Alte weg ist."

„Was ist los? Ihr wart das mit dem Plakat?" Rudi Schmattke war schockiert, informierte aber sogleich die Kollegen.

Als die unterkühlten Jungs eine Dreiviertelstunde später von THW und Feuerwehr gerettet worden waren, lag der Alte mit zerschossenem Kopf im Staub, neben ihm seine Waffe. Rudi nahm seinen zitternden Neffen und dessen Freund in die Arme. „Mensch, geht's euch gut?"

Sie nickten, wurden aber in Wärmedecken gepackt. „Jetzt erzählt mal, was war denn da los?", wollte Rudi wissen.

Abwechselnd gaben die beiden wieder, was der Alte ihnen aufgetischt hatte. „Die haben sich irgendwie bei der Hütte kennengelernt. Diese Ilse und er", fing Ralle an. „Und haben sich verliebt", ergänzte Semmel. „Und verlobt."

„Genau. Und sechsundachzig ist sie dann nach München, weil die Gutehoffnungshütte da aus Oberhausen wech is."

„Aber er is hier geblieben. Wat er da unten bei den feinen Pinkeln sollte, sachte er. In Lederhosen rumscharwenzeln, dat wär nich seins gewesen, hat er gemeint."

„Er sei halt 'n Malocher ausm Pott. Er gehörte hier hin, nich nach da unten."

„Ich würd aunich zu den Bayern gehn", warf Semmel ein. „Wenn ich Profi werd, dann drüben bei Rot-Weiß."

Ralle prustete. „Red kein Tinnef. Dich nehmense nichma bei Schwarz-Weiß Alstaden."

„Leute, weiter im Text", mahnte Rudi.

„Ja, und dann hat er se aus Liebeskummer angefangen zu malen. Die Ilse. Aber keiner wollte seine Bilder ausstellen."

„Deshalb wollte er dat jetzt halt selbst in die Hand nehmen."

Rudi Schmattke schüttelte fassungslos den Kopf. „Nen ganz schönen Aufwand hat der betrieben. Und offenbar hat er nicht nur sich selbst, sondern auch seine Ilse auf dem Gewissen. Behauptet allerdings, dass es ein Unfall war. Im Streit hat er se wohl geschubst und dann

– aus die Maus. Hier, sein Abschiedsbrief." Rudi hielt einen Briefumschlag hoch. „Wir durchkämmen sein Grundstück. 1986 ist ne Ilse Koslowski verschwunden. Und in München ist die nie angekommen."

„Heilige Scheiße, wat für'n Tach." Semmel fuhr sich mit der Hand durch die verschwitzten Haare.

Ralle nickte zustimmend. „Hättse mir heute Morgen gesacht, dat noch wat Schlimmeret als die Matheklausur kommt, ich hätt dich für bekloppt erklärt."

An diesem Abend fuhr Rudi Schmattke mit einem mulmigen Gefühl am Gasometer vorbei. Noch prangte dort das Plakat „Liebe für immer. Eine Ausstellung für Ilse Koslowski" in Schieflage über dem offiziellen Plakat. Rudi schluckte und beschloss, einen Umweg zu fahren, um seiner Ute von der Tankstelle noch ein kleines Sträußken Rosen mitzubringen.

WERNER DREWITZ
WETTER-
LEUCHTEN

„Ey, Polacke! Mach die Kippe aus!" Der so Angerufene blickte mit finsterer Miene auf die Gruppe von Arbeitern, die sich auf der Wiese in der sommerlichen Mittagssonne fläzten, warf dann seinen Tabakstummel mit verächtlicher Geste zu Boden, drückte mit seinem Fuß die Glut aus und entfernte sich mit raschen Schritten.

„Mann, Mann, ihr schnallt aber auch gar nichts", schallte es ihm hinterher. „Muss erst noch einer von euch beim Kacken erschlagen werden?" Unterdrücktes Gelächter folgte den Worten, doch auch einige Stimmen des Protests aus der Runde.

„Eigentlich ist es ja Quatsch mit dem Rauchverbot", bemerkte ein untersetzter Mann mit Schlägermütze, der lustlos an einem zu harten Knappen Brot knabberte. „Es ist ja noch kein Gas drin in dem Ding." Dabei blinzelte er zu dem übermächtigen grauen Metallzylinder hinüber, der sich jetzt langsam vor die gleißende Sonnenscheibe schob.

„Anweisung ist Anweisung", antwortete der neben ihm sitzende Blondschopf. „Wenn so ein Ding hochgeht, das siehst du noch in Dortmund."

„Dortmund?", lachte der Mützenträger. „Wenn das Ding explodiert, dann wackeln sogar in Berlin die Wände!" Er wandte sich an einen etwas abseits liegenden Arbeiter mit leuchtend roten, stacheligen Haaren. „Ey, Blauer! Du bist doch unser Architekt. Wie hoch soll das Ding eigentlich noch werden?"

„Fast 120 Meter", erwiderte der schlaksige Rothaarige ohne große Anteilnahme. Er war froh, dass der einsetzende Sirenenheulton das Ende der Mittagspause verkündete. So blieb ihm eine weitere Diskussion erspart. Die Arbeiter erhoben sich träge und trotteten langsam in Richtung des metallenen Ungetüms.

„Warte mal, Fritz", ertönte es unerwartet hinter der Gruppe. Der Rotschopf wandte sich um und sah den Boten der Werksleitung heranhinken. Fritz blickte freundlich in das jungenhafte Gesicht des Ankommenden. „Hallo Max, was gibt es?" Die beiden waren fast gleich alt. Max war im April frühmorgens auf einer noch eisglatten Holzbohle des Gerüstes ausgerutscht und mit dem Mantelblech an den Händen in die Tiefe gerauscht. Es hatte ihm das Knie zertrümmert. Die Werksleitung hatte ihn aber nicht entlassen, sondern als Faktotum für alle möglichen Dienste behalten.

„Du sollst in die Werksverwaltung kommen. Sofort, Fritz. Wegen der Ermittlung, du weißt schon." Schnell drehte Max sich auf dem Absatz wieder um und hinkte von dannen. Fritz blickte nachdenklich hinter ihm her und machte sich auf den Weg zur Verwaltung der Gutehoffnungshütte.

Vor dem Dienstzimmer des Betriebsführers zupfte Fritz noch einmal ordnungshalber an seiner abgetragenen Arbeitskleidung, die Schuhe hatte er schon vor dem Gebäude gründlich gereinigt. Die Tür zum Dienstzimmer stand offen, er klopfte höflich an den Türrahmen. Ein Unbekannter in grauem Flanellanzug erhob sich am hölzernen Schreibtisch und kam auf ihn zu. „Kommen Sie bitte herein, Herr Sege", begrüßte ihn der Mann mit seltsam tonloser Stimme. „Mein Name ist Elias Sternreich, ich bin Bezirkssekretär der Kriminalpolizei Oberhausen." Seinen Händedruck empfand Fritz als schlaff und er versuchte, das Gesicht des Polizisten zu studieren. Doch mehr als belanglose Geschäftigkeit konnte er unter dem glatten, schwarzen Haar mit Mittelscheitel nicht entdecken. Sternreich geleitete ihn zu einem Stuhl vor dem Schreibtisch und lud ihn mit knapper Handbewegung zum Sitzen ein. Der Beamte selbst blieb stehen.

„Fritz Sege, nicht wahr?", ließ er sich mit einem Nicken bestätigen und fuhr fort: „Ich brauche noch einige persönliche Angaben. Geburtsdatum?"

„3. Mai 1907", antwortete Fritz.

„Sie sind wohnhaft wo?"

„Duisburger Straße 203."

Sternreich blickte von seinem Notizblock auf. „Das ist nicht weit von hier, nicht wahr?"

„Etwa zehn Minuten", bestätigte Fritz.

„Sie wohnen bei Ihrer Familie, Herr Sege?"

„Ja, zusammen mit meinem Vater und meiner kleinen Schwester." Fritz zögerte einen Moment und fuhr dann fort: „Meine Mutter ist vor acht Jahren gestorben. Lungenentzündung."

„Wie alt ist denn Ihre Schwester?", fragte Sternreich unvermittelt.

„Warum wollen Sie das denn wissen?", reagierte Fritz abwehrend.

„Nun ja, Sie sagten, sie sei klein", insistierte der Polizeibeamte.

„Wird fünfzehn im August." Mit seinem Tonfall

wollte Fritz andeuten, dass dieses Thema damit für ihn erledigt sei. Tatsächlich war das Lenchen viel mehr als seine „kleine Schwester". Mit Vater war ja nicht mehr viel anzufangen gewesen, seit er aus dem Krieg nach Hause gekommen war; dort hatte er bald mit dem Trinken angefangen. Nach Mutters Tod hatte Fritz es sich endgültig zur Aufgabe gemacht, der kleinen Helene die Eltern zu ersetzen. Und jetzt war dieses Schlimme passiert. Fritz spürte einen Kloß in seinem Hals.

„Wie lange sind Sie jetzt dabei, beim Bau des Gasspeichers?"

Sternreichs Stimme riss ihn aus seinen Gedanken.

„Anderthalb Jahre", erwiderte Fritz, „ich war gleich von Anfang an dabei."

„Sie scheinen ja auch sonst diese Baustelle sehr zu mögen." Sternreich bemühte sich gar nicht, einen spöttischen Unterton zu vermeiden.

Fritz Sege machte keine Anstalten einer Erwiderung. Dieser Kripo-Beamte würde es sowieso nicht verstehen, wie es sich anfühlt, wenn man hoch oben auf dem Baugerüst steht und den Hochöfen rundum beim Abfackeln zuschaut. Nach Westen bis zum Rhein, nach Osten bis hinter Gelsenkirchen, nach Bottrop und nach Essen, und am schönsten, wenn es stockdunkel ist. Wie eine Naturgewalt, wenn die heiße Luft entweicht, die rötlichen Feuerstrahlen widerspiegelt, einem kontrollierten Inferno gleich. Ein Wetterleuchten konnte nicht schöner sein. Das Lenchen hatte sich immer wohlig an ihn geschmiegt, wenn sie gegen alle Verbote gemeinsam auf dem Gerüst diesem Spektakel zugesehen hatten. Jetzt gab ihm der Gedanke an Helene einen Stich ins Herz.

„Herr Sege, Sie wissen, was geschehen ist." Das war keine Frage mehr. Fritz seufzte. „Ja, natürlich weiß ich, was seit heute früh erzählt wird. Einer der Fremdarbeiter wurde tot aufgefunden, unten am Kanal. Man sagt, er wäre beim Verrichten seiner Notdurft gewesen."

„Kannten Sie den Mann, Herr Sege?"

Fritz zuckte mit den Achseln. „Naja, was man so kennen nennt. Vom Sehen vielleicht."

Sternreich gab seiner Stimme nun eine gewollte Schärfe. „Der Mann hieß Radomil Kowalska. Wer ihn je gesehen hat, wird ihn schwerlich vergessen. Sie wissen warum, Herr Sege." Wieder keine Frage.

Fritz versuchte eine Handbewegung, die Beiläufigkeit suggerieren sollte. „Wohl wegen seiner Hasenscharte." Doch innerlich war Fritz aufgewühlt und fürchtete, dass der Bezirkssekretär das Zittern seiner Hände sehen würde. Diese verdammte Hasenscharte. Mehr als zwei Wochen war sie ihm jede Nacht in seinen schlimmsten Albträumen erschienen.

„Herr Kowalska wurde erschlagen." Die Stimme des Polizisten kam jetzt wie aus einer Nebelbank.

„Ja und?", dachte Fritz Sege, „das hat er doch mehr als verdient! Was weißt du denn schon!" Genau fünfzehn Tage war es jetzt her, am 1. Juli, ein Sonntag. Er war mit Helene abends am Baugerüst verabredet gewesen, ihr persönliches Wetterleuchten an einem Sommerabend. Doch er war zu spät vom Fußball in Kettwig losgekommen. Zuhause fand er das Lenchen völlig verstört und aufgelöst, mit zerrissener Bluse. Der Vater schnarchte schon wieder im Wohnzimmer. Er nahm seine kleine Schwester in die Arme und versuchte herauszufinden, was geschehen war. Sie konnte nicht sprechen. Er fragte behutsam, fragte auch danach. Als Helene kurz ihr Röckchen anhob, sah er schon die blutverschmierte Unterhose. Er hatte sie dann gebadet, war mit ihr ins Bett, hatte ihr ihre Lieblingsgeschichte mit den sieben Lämmchen erzählt, bis sie in seinen Armen schließlich eingeschlafen war. Am nächsten Morgen, beim Aufwachen, hatte sie sich ihm anvertraut. Mit bitteren, salzigen Tränen.

„Herr Kowalska wurde mit einer Eisenstange erschlagen." Ja, dachte Fritz, die Eisenstange. Womit denn sonst. Die war auf einmal da gewesen.

„Herr Sege, wo waren Sie gestern Abend?" Sternreich klang jetzt anklagend. Fritz sprang empört aus dem Stuhl auf. Als er sich umdrehte, bemerkte er einen zweiten Mann im Türrahmen. Irgendwo hatte er den schon einmal gesehen, aber er konnte sich nicht erinnern, wo.

„Herr Sege war gestern Abend im Ritterkrug, bei einem sehr interessanten politischen Vortrag", sagte der Mann im Türrahmen. „Nicht wahr, Herr Sege?" Fritz konnte nur überrascht nicken.

„Sagen Sie mal, Sternreich, was veranstalten Sie hier eigentlich? Haben Sie denn schon die Fremdarbeiter vernommen? Die kloppen sich doch sonst auch jeden Tag." Der Bezirkssekretär stimmte leicht unwillig, doch dienstbeflissen zu. „Jawohl, Herr Kommissar", hörte

Fritz zu seinem großen Erstaunen.

„Wilhelm", stellte sich der Kommissar ihm vor, nachdem Sternreich den Raum verlassen hatte. „Wilhelm Ahrens. Kameraden müssen auch in schlechten Zeiten zusammenstehen." Dabei hob er verschwörerisch den Kragenspiegel seiner Anzugjacke an. Fritz erkannte sofort den leuchtend rotbraunen Kreis, der das schwarze Hakenkreuz auf perlmuttweißem Untergrund umschloss.

BIRGIT EBBERT

PLAN B

Als er ihr den Ring vom Finger ziehen wollte, war da nur eine helle Stelle um den Ringfinger. Er wusste genau, dass sie den Ring getragen hatte, als sie sich vor einer halben Stunde im Café neben dem Museumsshop begegnet waren. Er hatte den Schlüssel zum gläsernen Aufzug in der Hand, auf dem Weg vom Frühstückskaffee zur nächsten Fahrt. Ihm schlug ein höhnisches Grinsen entgegen, das sie so perfekt beherrschte. Sie hielt seinen Nachfolger eng umschlungen, der in Cowboystiefeln und Stetson neben ihr ging. Der Brillantring, für den er zwei Tage vor der Hochzeit sein Moped verkauft hatte, glitzerte an ihrem Finger.

Ihm war, als höre er noch den Spott seiner Motorradkumpel, nachdem er ihnen den Deal gestanden hatte. „Das ist doch ein Flittchen", hatten sie ihn gewarnt. Aber er wollte nicht hören. Auf andere zu hören, war nicht seine Stärke. Schon als Kind nicht. „Wer nicht hören will, muss fühlen", hatte Großvater Erwin gesagt, wenn die Brieftauben nach ihm pickten und er mit zerkratzter Hand aus dem Schlag unweit des Gasometers kam. Wie Recht sie alle hatten!

„Guck mal, das ist ja geil!", hörte er hinter sich eine jugendliche Stimme. Ein Blick über die Schulter verriet ihm, dass der Sprecher nicht allein war. Was wollten diese Jugendlichen ausgerechnet heute hier? Freitags kam sonst kaum jemand außer den Kollegen und einigen Touristen. Freitags hatten die Lehrer keine Lust, mit einer Schulklasse den Gasometer zu besuchen. Da kamen vor allem die japanischen Fotojäger, die mit ihren Teleskopstangen versuchten, sich und die Streben des Gasometers oder den Blick aus dem Aufzug in die Tiefe auf die Speicherkarte zu bannen.

Manchmal streunten verwirrte Senioren etwas verloren durch die Ausstellung, noch in Gedanken darüber, ob der Kauf der neuen Oberbetten eine gute Entscheidung gewesen war. Meist konnte er sich aber auf den Ansturm am Wochenende vorbereiten und das eine oder andere erledigen, was gerade anlag. Manches ergab sich kurzfristig. Wie die Sache mit Renate, die ihm an diesen Freitag ein gütiges Schicksal geschickt hatte.

„Krass!" Ein Mädchen, dessen Piercings unübersehbar waren, starrte zu ihm hinauf. Er hielt die Luft an und versuchte, sich nicht zu bewegen.

„Ey, Alter, guck mal, da liegt ein Brillie!"

Sein Kopf fuhr automatisch herum, weil er im ersten Augenblick dachte, der Junge hätte ihn angesprochen. Doch die Jungen und Mädchen, die alle um die 15 sein mochten, beachteten ihn gar nicht; ebenso wenig wie das Piercingwunder, das gerade seinen Fuß im schwarzen Schnallenstiefel auf die erste Stufe der kleinen Treppe zur Plattform setzen wollte.

Alles scharte sich um den Jungen, der etwas in die Höhe hob, das bis zu seiner Plattform hinauf blitzte. Er wusste nicht, ob er entsetzt oder froh sein sollte, dass der Junge, dessen Gesicht unter den Haaren kaum zu sehen war, Miss Piercing abgelenkt hatte. Der Junge mit dem Haargesicht konnte nur den Ring meinen, den er vergeblich an Renates Finger gesucht hatte. Wie war er dorthin geraten?

Die Entfernung zwischen ihm und dem Ring mochte zehn Meter betragen. Renate musste ihn verloren haben, als sie auf der Plattform zusammengebrochen war. Vielleicht hatte sie damit gespielt oder wollte ihn damit aufhalten? Er hatte keine Zeit, sich darüber Gedanken zu machen. Die Kollegen würden Renates neuen Lover sicher bald finden. Dabei war der Plan, den er spontan ausgeheckt hatte, nachdem er Renates Grinsen begegnet war, so gut gewesen. Ein leichter Schlag, ein sanftes Zerren, ein fester Schlag – und schon hatte er die Zeit um zehn Monate zurückgedreht.

42 Jahre war es ihm gut gegangen. Dann hatte er Renate getroffen und plötzlich war sein Gehirn wie vernebelt und sein Leben hatte sich von Grund auf geändert. Schon nach vier Wochen stand ein Termin für die Trauung im Raum.

„Du bist der Mann meines Lebens, wieso sollten wir warten?", hatte Renate gesäuselt. Wer konnte da Nein sagen? Er jedenfalls nicht. Nie zuvor hatte eine Freundin sich auf all seine Wünsche eingelassen. Auf alle! Nicht nur, dass Renate ohne ein kritisches Wort seine Socken sortiert und die Hemden mit dem Gasometer-Logo gebügelt hatte, die ihn schier zum Verzweifeln brachten. Nicht nur, dass ihre Frikadellen denen seiner Mutter in nichts nachstanden, auch im Bett verwöhnte sie ihn nach Strich und Faden. Oder nach …

„Ey, Alter, was machst du da?" Dieses Mal bestand kein Zweifel daran, dass er gemeint war. War er bei dem Gedanken an Renates scharfe Sex-Outfits aus seiner Rolle gefallen? Das Beste war, er reagierte nicht, sondern starrte weiter dumpf wie eine Puppe in die Welt.

„Was macht ihr denn hier?" Noch nie hatte er diese schrille Lehrerinnenfrage, die er in der Woche zig Mal hörte, mehr geliebt als heute. Wie auf ein geheimes Kommando verschwanden die Jugendlichen. Als das Schnattern kaum noch zu hören war, wagte er sich umzudrehen.

Im gleichen Moment sah Miss Piercing über die Schulter in seine Richtung. Hatte sie bemerkt, dass er seine Position geändert hatte? Sie kam nicht zurück, tuschelte jedoch mit der Nachbarin, die sich daraufhin umsah, ehe sie aus seinem Blick glitt. Er blickte auf seine ehemalige Freundin, die weiterhin unbeweglich in der Hocke saß, ihre Hand um den oberen Holm des Geländers der kleinen Plattform außen am Gasometer geklammert. Der rostige Metallboden, dem Jahrzehnte lang Wind und Wetter nichts anhaben konnten, war unter ihr rot vom Blut. Es verteilte sich und würde nicht lange brauchen, bis es seine Schuhe erreichte. Hier konnte er ohnehin nichts mehr ausrichten. Den Ring hatte einer der Schüler eingesteckt.

Sein Vorhaben war gescheitert und wenn er nicht einen guten Ersatzplan fand, würde er nie wieder mit dem gläsernen Aufzug fahren dürfen. Was hatte er damit nicht alles erlebt? Den Ballon, mit dem Piccard die Welt umsegelt hatte, die geheimnisvolle Stimmung, die Christos Innenverkleidung erzeugt hatte. Er schob die Erinnerungen beiseite und konzentrierte sich darauf, wie er unbehelligt aus dieser Situation herauskommen konnte. Es war eine Frage von Minuten, bis sich die Schüler und Renates Lover begegneten, bis die Kollegen Ausschau nach ihm hielten, um ihn zur Rede zu stellen, weshalb er den Pseudo-Cowboy mit einem leichten Nackenschlag allein im Aufzug in die Höhe geschickt hatte. Er fasste in seine Jackentasche. Dort waren lediglich die Aufzugschlüssel. Der Wohnungsschlüssel und seine persönlichen Unterlagen befanden sich in seinem Spind.

„Guck mal, eine Puppe!" Dieses Mal riss ihn die Stimme eines Kindes aus seinen Gedanken. Gut, dass er inzwischen die Plattform verlassen hatte. So konnte man ihn wenigstens nicht auf den ersten Blick mit Renate in Verbindung bringen.

Ehe er weiter darüber nachdenken konnte, schrie die Frau, die von dem Kind zur Plattform gezogen worden war, laut auf. „Da ist ja alles voller Blut!", kreischte sie und rannte, das Kind hinter sich herziehend, zum Eingang. Er sah durch die Glasscheibe, wie sie auf die Servicekräfte hinter dem Counter einredete.

Schon kamen die ersten Kollegen herübergelaufen. Er drückte sich gegen die Wand des achtzig Jahre alten, ausrangierten Scheibengasbehälters und schob sich seitwärts, bis er eine der Treppen erreichte.

Als hätte jemand einen Stöpsel aus seinem Wasserbecken gezogen, strömten Menschen aus dem Gasometer auf das Außengelände zur Plattform. Ihr Rufen wurde nur noch übertönt von den Sirenen der Polizei und der Feuerwehr. Als alle ihre Aufmerksamkeit auf die eintreffenden Einsatzwagen richteten, nutzte er den Augenblick, um sich zurück in den Gasometer zu stehlen.

So leer hatte er den Ausstellungsraum unter der Gasdruckscheibe noch nie gesehen. Der Museumsshop war ebenso verwaist wie die Getränketheke. Er brauchte keine Minute, um den Mitarbeiterraum zu erreichen. Eine weitere Minute kostete es, den Spind aufzuschließen und alle Sachen einzusammeln.

Er blickte über die große Freifläche im unteren Bereich des Gasometers. Kein Mensch hielt sich dort auf. Über sich erkannte er am Vibrieren der Metallböden, dass jemand eilig zur Treppe strebte. Rasch rannte er zum Ausgang. Bevor er nach draußen ging, holte er tief Luft. Noch war er nicht in Sicherheit, aber was sollte ihm in der Menge passieren? Alle würden auf Renates Leichnam und die Polizei achten.

Dennoch blickte er vorsichtig hinter der Tür hervor auf die Rücken der Besucher. Er schlich sich hinter ihnen entlang. Blieb immer mal wieder stehen, als wolle er einen besseren Platz finden, um das Vorgehen zu beobachten.

Gerade wollte er den Rückzug antreten, da hörte er ganz in der Nähe ein Klappern. Es klang, als ob Metall aufeinanderprallte. Es klang wie das Klappern von Piercings. Ohne sich umzudrehen, wusste er, wer ihm in letzter Minute seinen Ersatzplan durchkreuzte, als sie rief: „Der da, den habe ich neben der toten Frau gesehen!"

Kirsten Engelhardt

GLÜCK
IST EIN
LAUNISCHES
WESEN

Ohne Pause hatte er die fast tausend Kilometer zurückgelegt, bis ihm vor Erschöpfung die Augen zufielen. Es war längst dunkel. Er musste schlafen. Zu seiner Linken sah er eine riesige, bunt illuminierte Tonne. Was immer das war, es bot einen guten Orientierungspunkt. Er beschloss die A 42 zu verlassen. Der alte Ford Transit röchelte. Er hielt sich links, kam auf eine Schnellstraße und bog bei der nächsten Möglichkeit wieder links ab. Als er das Ende der Straße erreicht hatte, entdeckte er einen kleinen Parkplatz. Vor ihm erhob sich das mächtige, in Rot und Blau erleuchtete Bauwerk. Er parkte seinen Transit, verriegelte die Türen und stieg über seine Werkzeugkisten in den Fond des Wagens. „Endlich", dachte er. Erschöpft streifte er seine Schuhe ab und kroch in den Schlafsack, den er auf einer Matratze ausgebreitet hatte. Sofort fiel Simon Kubinski, so wollte er sich ab jetzt nennen, in einen traumlosen, tiefen Schlaf.

Als er aufwachte, war es fast Mittag. Der Parkplatz hatte sich mit Autos gefüllt. Simon biss in sein letztes Brot und trank einen Schluck lauwarmen Kaffee dazu. Dann kletterte er aus dem Wagen. Für Anfang Mai war es erstaunlich kühl. Er schlug den Kragen seiner Jacke hoch. Im Tageslicht betrachtet erschien ihm die Riesentonne nicht ganz so eindrucksvoll. Nun war er also in Oberhausen.

Er stammte aus dem polnischen Dörfchen Klodzino. Polen hatten den Ruf, preiswerte und gute Handwerker zu sein. Auch Simon hatte geschickte Hände.

Aber in Polen war es nicht leicht einen Job zu finden. Deshalb hatte er sich im letzten Frühjahr nach Berlin aufgemacht, um Arbeit zu suchen. Seine Großmutter, eine deutschstämmige Polin, hatte ihm leidlich Deutsch beigebracht, sodass er einigermaßen zurechtkam. Sechs Wochen lang stach er Spargel in der Beelitzer Heide südwestlich der Hauptstadt. Dann fand er einen Job in Berlin-Charlottenburg. Ein glücklicher Zufall. Simon hatte einem älteren Ehepaar geholfen, dessen Einkäufe aus dem Baumarkt im Auto zu verstauen. Die beiden waren von der Hilfsbereitschaft des gutaussehenden jungen Mannes so angetan, dass sie ihn gleich für Reparaturarbeiten an ihrem Häuschen rekrutierten.

Das Häuschen erwies sich als Jugendstilvilla und die älteren Herrschaften bezahlten ihn recht großzügig. So kehrte er nach drei Monaten in sein Dörfchen südlich von Danzig zurück. In den Taschen rund viertausend ehrlich verdiente Euro. Dazu das gute Tafelsilber, einige Schmuckstücke sowie ein noch verpacktes Mobiltelefon mit einem Apfel darauf. Die Leute waren alt. Was sollten sie noch damit? Die schöne Brosche mit dem glitzernden großen grünen Stein schenkte er seiner Großmutter und die goldene Kette mit dem Medaillon seiner kleinen Schwester Jadwiga. Als er das Leuchten in ihren Augen sah, fühlte er sich fast wie Robin Hood.

Womit der junge Pole jedoch auch das andere, weniger schmeichelhafte Vorurteil über seine Landsleute bestätigte, nämlich nicht nur geschickte, sondern auch flinke Hände zu haben. Er hatte jedoch einen kleinen Fehler gemacht und seinen richtigen Namen genannt,

Slawek. Zum Glück hatten die Eheleute nicht nach seinem Nachnamen gefragt. Dennoch wollte er sich in diesem Jahr lieber von Berlin fern halten. In Beelitz hatte er von großen Spargelfeldern am Niederrhein gehört. Irgendwo hinter der Stadt Oberhausen. Dort wollte er hin. Und vielleicht würde sich später noch ein Job auf einer Baustelle im Ruhrgebiet finden?

Er fand heraus, dass das Bauwerk, vor dem er stand, Gasometer genannt wurde. Auf einem Plakat las er „Tanz der Ahnen". Offenbar gab es hier eine Ausstellung. „Dann gibt es auch Toiletten", dachte er und stellte sich an, um eine Eintrittskarte zu kaufen. Vor ihm kramte eine alte Dame in ihrer Handtasche und förderte eine Geldbörse zu Tage, die sie prompt fallen ließ. Das ganze Kleingeld verstreute sich über den Boden und rollte in alle Richtungen davon. „Ach du meine Güte!", rief die Alte aus. Sofort bückte sich Simon, um zu helfen. Er klaubte das Geld sorgsam auf und drückte ihr die Münzen mit einem Lächeln in die Hand. „Das ist aber ganz reizend von Ihnen, vielen Dank!", sagte sie. „Schön, dass es noch anständige junge Leute gibt. Wollen Sie auch in die Ausstellung?" Die alte Dame kaufte zwei Karten und überreichte eine davon Simon als Dank für seine Mühe. „Gehen sie ruhig vor, junger Mann. Ich bin nicht mehr so gut zu Fuß. Bestimmt sehen wir uns gleich noch." Simon bedankte sich höflich und fuhr mit dem Aufzug nach oben.

Die Aussicht war fantastisch, aber der Wind war unangenehm. So beschloss er, einen Blick in die Ausstellung zu werfen und die Toiletten zu suchen. Gezeigt wurden bunte Masken, Gebrauchsgegenstände und Ahnenfiguren aus einem Flussgebiet in Papua-Neuguinea. Wo immer das auch war. Vor einem gewaltigen Auslegerboot blieb er stehen. Als Handwerker interessierte ihn die Bauweise. Eine Berührung an seiner Schulter ließ ihn herumfahren. Es war die alte Dame. „Kommen Sie, junger Mann, ich lade Sie auf einen Kaffee ein!"

Während die alte Dame bestellte, ging er zur Toilette und machte sich frisch. Als er zurückkam, war der Kaffee bereits serviert. Die alte Dame musterte ihn neugierig: „Woher kommen Sie? Wie ist ihr Name?" „Von Polen. Simon. Simon Kubinski", log Slawek. „Freut mich, junger Mann. Mein Name ist Hedwig Schulz", sagte die alte Dame, nestelte an ihrer Perlenkette und bohrte freundlich weiter. „Seit wann sind Sie hier? Und wo wohnen Sie? Ach, seit gestern erst und Sie übernachten im Auto! Ist das nicht furchtbar unbequem? Sie suchen Arbeit?"

„Kann reparieren alles. Bin ich guter Handwerker", sagte Simon. Hedwig Schulz wohnte in einem schönen großen Fachwerkhaus in Mülheim. Der Vorgarten war etwas verwildert. Die alte Dame brauchte dringend einen Handwerker und so war er bereitwillig in ihr Auto gestiegen. Der Spargel hatte noch Zeit und sein Auto stand sicher am Gasometer. Simon folgte der alten Dame durch eine sehr geräumige Diele, die geschmackvolle Gemälde zierten. Die üppigen Frauen beim Bade kamen ihm irgendwie bekannt vor. Aus der Schule vielleicht. Er würde noch darauf kommen.

Als er das mehr als großzügige Wohnzimmer betrat, blieb er mit offenem Mund stehen. „Kommen Sie ruhig weiter, junger Mann", ermunterte ihn die alte Dame. Hier sah es fast so aus, wie in der Ausstellung. Die Wände hingen voller Masken. In den Ecken und zwischen den Fenstern standen hölzerne Statuen aus fernen Ländern. Zwei Glasvitrinen waren vollgestopft mit allerlei archaischen Töpferwaren, Figuren, Waffen und Schmuck. „Sie müssen sich nicht fürchten, Simon", lachte die alte Dame und deutete auf das samtig grüne Sofa. „Setzen Sie sich doch! Mein Mann war Südost-asien-Experte. Professor, müssen Sie wissen. Wir haben viele Reisen unternommen und immer etwas mitge-bracht. Deshalb hat mich auch die Ausstellung inter-essiert. Und Sie kennen hier wirklich niemanden? Sie Armer! Möchten Sie vielleicht etwas trinken? Ich ma-che uns einen Tee", sagte Frau Schulz und verließ das Wohnzimmer.

Simon überlegte, was das Zeug hier und die Gemäl-de in der Diele wohl wert waren? Sein Blick strich durch den Raum. Um auch die Wand über dem Sofa ansehen zu können, musste er sich ordentlich verrenken. Dort hing eine stattliche Anzahl dunkler Puppenköpfe mit dicken, schwarzen Haaren. „Wie hässlich!", dachte er, als Frau Schulz mit einem Tablett zurückkam. Ihr folg-te eine Katze mit rötlichem Fell. „Das ist Minka", sagte die alte Dame. „Sie haben unsere wertvolle Sammlung betrachtet? Der ganze Stolz meines Mannes. Es sind Schrumpfköpfe von den Andamanen und aus Papua Neuguinea. Zu schade, dass sie heute nicht mehr gefer-tigt werden. Oder nur für die Touristen – aus Plastik."

Simon wusste nicht, ob er Frau Schulz richtig verstanden hatte. Aber sie plapperte freundlich weiter und schob ihm seine Tasse Tee hinüber. „Zucker?", fragte sie.

„Die Menschen dort waren früher Kannibalen und von den Köpfen ihrer Opfer fertigten sie diese schönen Exponate an. Dreißig Stück haben wir im Laufe der Jahre gesammelt, obwohl es verboten war."

Simon hörte aufmerksam zu und beantwortete die eine oder andere Frage. „Eine alte Dame. Sie will wohl nur reden", dachte er und nippte an seinem Tee.

„Jetzt sind es mal wieder nur noch neunundzwanzig", sagte sie mit einem vorwurfsvollen Blick auf die Katze, die im Sessel döste. „Böse Minka! Ich kann es ihr nicht abgewöhnen. Sie spielt so gern. Manchmal auch mit den Köpfen. Dabei habe ich meinem Mann geschworen, gut auf seine Sammlung aufzupassen", sagte die alte Dame traurig. „Es ist eine hohe Kunst und bedarf einiger Erfahrung, Schrumpfköpfe anzufertigen. Wir haben uns sehr lange mit der Technik beschäftigt. Trinken Sie ruhig noch ein Schlückchen."

Simon trank die Tasse leer. „Sie haben wirklich schönes, kräftiges schwarzes Haar. Beinahe exotisch, junger Mann. Welch ein Glück, dass Sie mir heute begegnet sind." Der Tee schmeckte ein wenig bitter. Nach Mandeln vielleicht.

Wenige Minuten später versank ein Apfeltelefon irgendwo in einem Gartenteich in Mülheim.

ULRIKE ENGELS-KORAN
DAS
RATTENNEST

Als ich am frühen Morgen auf meinem Rundgang um die Ecke biege, liegt plötzlich sein Körper vor mir. Auf dem Treppenabsatz. Die Beine sind an den Bauch gezogen, das Gesicht ist scharf und spitz gezeichnet. Ich rieche es sofort, er ist tot. Und zwar erst seit kurzem.

Sein Name war Mo, von Mohammed, und er gehörte der Gruppe der arabischen Wanderratten an. Klar, auch Mohammeds Gene stammten hauptsächlich aus unserer Gasometer-Rattengemeinschaft, doch eine dominante Herkunft setzt sich immer wieder durch. Wie auch bei mir. Ich bin Ire und werde Ted the Red gerufen. Ziemlich oft sogar. Warum wohl? Weil ich auf Zack bin. Augen auf im Geschäft, das ist mein Credo. Deshalb will ich auch wissen, was es mit Mos Tod auf sich hat.

Hoa, unser Chinese, den ich jetzt mehr als gut gebrauchen könnte, ist leider seit ein paar Tagen verschwunden. Als einziger hat er sich für die glitzernden Schachteln interessiert, die hier manchmal herumliegen und zu denen er Handy sagt. Er wischt mit der Schnauze ein Muster auf die Scheibe und dann lässt er einen Pfotentrommelwirbel los. Ruckzuck bringt er so die Dinger zum Leuchten und Sprechen. Dann stiert er in das Kästchen rein und hinterher ist sein Kopf voller Visionen.

Halt. War da nicht ein Geräusch? Nervös zucke ich mit dem Kopf. Diese Gasometerwände haben es in sich. Da geht schon mal ein Knarren und Knarzen durch, das sich gefährlich nach den Schuhen des Hausmeisters anhört. Aber jetzt ist alles in Ordnung.

Erst kürzlich redete Hoa mit mir über etwas, was er Krimiserien nannte. Bei einem Leichenfund, sagte er, muss ganz systematisch vorgegangen werden: Sterbeort inspizieren und Todesart bestimmen. Logisch. Das traue ich mir zu. Ganz ruhig bleibe ich also auf meinem Platz stehen und lasse den Blick schweifen.

Der Kopf von Mo ist merkwürdig abgeknickt und auf Höhe der Ohren kann ich einige dünne Pfotenspuren ausmachen. Weiter hinten stehen auch die Haare struppig ab. Da muss ich unbedingt näher ran. Sofort verstärkt sich der Leichenmief. Ich halte die Wolke aus und versuche, die darunterliegenden Duftmarken zu erschnüffeln. Stresshormone überfluten meine Riechzellen. Ich stutze und gehe noch näher heran. Dann sehe ich es. Dort, im Nackenbereich, sind kleine Bissspuren zu erkennen. Zwei scharfe Zähne haben sich durch die dicken, dunklen Haare in Mos Fleisch gehackt. Ohne Zweifel Rattenzähne.

Für einen Moment vergesse ich das Atmen.

Dass aus unserer Gemeinschaft hin und wieder Opfer zu beklagen sind, nehmen wir hin, wie auch die Schulklassen, die hordenweise bei uns einfallen. Aber mir ist sofort klar, dieser Fall liegt anders.

In meinem Oberstübchen saust schon der Ticker los: Wenn aus dem Sterbeort ein Tatort wird, höre ich Hoa jetzt dozieren, müssen Indizien, Motive und Alibis gecheckt werden.

Plötzlich höre ich sie kommen: Die Kratz- und Schabegeräusche auf dem Boden lassen darauf schließen, dass es viele sind. Kurz darauf haben sich an die hundert Ratten um Mos Körper versammelt. Die Osteuropäer neben den Asiaten, direkt daneben die M-Fraktion, wie ich sie getauft habe: Meier, Müller, Michel, Merten. Und dahinter sehe ich Mos Eltern und Geschwister.

Tomzki, der beste Freund von Mo, der mit drei Füßen auf die Welt gekommen ist, trippelt in seiner speziellen Gangart auf mich zu. „Ey Mann", sagt er, „was ist los?" Das Dreibein ist mir ein Rätsel. Der fehlende Fuß am linken Hinterbein hätte ihn eigentlich in die oberste Abteilung der Loser-Kategorie katapultieren müssen, aber genau das Gegenteil ist der Fall. Er ist bei allen beliebt und ganz besonders punktet er in der Damenwelt. Was ich von mir nicht sagen kann. Doch das interessiert jetzt nicht.

Ich richte mich auf und erläutere der Versammlung mit wenigen Worten die Situation. Alles erzähle ich, nur den Nackenbiss, den behalte ich für mich. Danach herrscht betretenes Schweigen.

„Ihr habt euch doch gestern lautstark mit Mo gestritten", sagt Tomzki plötzlich und deutet mit seiner gebogenen Kralle auf die M-Männer. „Worum ging es denn da?"

Unruhe verbreitet sich in der Vierergruppe. „Der Angeber hat wieder mal sein Maul zu weit aufgerissen", gibt einer von ihnen widerwillig zu.

„Was war denn der Grund eures Streits?", hake ich nach.

Die Michel-Ratte tritt vor. „Du kennst doch Mos große Klappe; lautstark hat er geprahlt, dass er sich auf unsere Kosten ein faules Leben macht."

„Schmarotzer haben bei uns im Gasometer nichts zu suchen", sagt Müller jetzt mit Nachdruck. Viele grau-braune Köpfe nicken.

„Moment mal", sage ich, „Mo musste sich doch sein Fressen genauso wie wir alle zusammensuchen."

„Ne, ne", sagt Müller, „der Kerl war schlau. Der hat sich immer was ausgedacht, um in den Genuss von Vergünstigungen zu kommen."

„Was meinst du damit?", sagt Tomzki scharf.

„Gejammert hat er, dass es Krankheiten in seiner Familie gibt und er Unterstützung braucht", sagt die Michel-Ratte.

Ich schaue zum Orient-Clan hinüber. Dort baut sich gerade Mos Vater zur vollen Größe auf. „So ein Scheiß", ruft er durch das Treppenhaus, „Mo hat sich gut um uns gekümmert."

„Du dreckiger Lügner", schreit Meier zurück. „Du und dein Sohn, ihr seid doch beide von der gleichen Sorte. Stinkende Faulpelze allesamt."

In die Masse der Leiber kommt Bewegung. Ein Raunen und Zischen durchschneidet die Luft. Ich spüre, dass die Spannung im Raum wie der Schnappbügel einer Falle bis an die Belastungsgrenze gedehnt ist. Gleich explodiert hier etwas.

„Ruuuuhe!", brülle ich aus Leibeskräften. Irritierte Gesichter drehen sich in meine Richtung.

„Weiter", herrsche ich Müller an, den ich mir willkürlich aus der Vierergarde herausgepickt habe, „sag schon: Habt ihr Mo durch das Treppenhaus gejagt?"

„Der Kerl hat über uns gelacht", sagt Müller erregt. „Er hat sich gefreut, als wir wütend wurden und hinter ihm herliefen."

„Und?"

„Dann hat er endlich mitbekommen, dass wir es ernst meinen." Ein Ruck geht durch seinen Körper, er dreht sich zur Gruppe um. „Hört", sagt er sehr leise, „es ist wahr. Wir haben ihn durch den Gasometer gehetzt. Hier ist er gestürzt und dann lag er tot da." Er macht eine kleine Pause. „Wir wollten ihn nicht umbringen, es war ein Unfall."

Pures Entsetzen wabert durch die Versammlung. Jede einzelne Ratte hat das Szenario bildlich vor Augen.

„Und wer hat ihn in den Nacken gebissen?"

Wie Pfennigabsätze knallen meine Worte durch das Treppenhaus und lösen einen Aufschrei aus. Doch ich habe die vier M-Gesichter fest im Visier und der erste, der den Kopf abwendet, ist Merten. Der, der noch keinen Pieps hat verlauten lassen. Das ist mein Mann.

„Warum hast du es getan?"

Langsam öffnen sich seine Kiefer und lange, gelbe Vorderzähne kommen zum Vorschein. „Weil er Abschaum war", zischt er mir entgegen und sein ganzer Hass springt mir wie eine aufgedrehte Feder ins Gesicht.

Hinter mir kommt die Menge in Bewegung. Füße kratzen, erregte Rufe schwirren durch den Raum. „Raus mit ihm", schreit Mos Vater, „schmeißt den Kerl aus unserer Gemeinschaft raus!" Merten reißt den Kopf zurück und lässt ein langes, schrilles Lachen ertönen.

Dann dreht er sich um. Sein verschlagener Blick bleibt an mir hängen.

„Und was ist mit dem Klugscheißer da?", fragt er und deutet auf mich. Ich schaue ihn verdutzt an.

„Ja", kreischt Müller, „der Schnüffler steckt seine Nase überall rein. Er soll auch verschwinden." Ich traue meinen Ohren nicht.

„So einen verdammten Besserwisser wollen wir hier nicht haben!", schreit Meier. „Raus mit ihm."

Die Meute verharrt. Kein einziges Schnurrbarthaar wagt es zu zittern. Wäre es so tragisch, wenn ich mich jetzt umdrehen und aus dem Gasometer schleichen würde? Ein Plätzchen im Grünen war doch schon immer mein Traum.

Aber in der einen, winzigen Sekunde wird mir bewusst, wie sehr ich an diesem Ort und an unserer Gemeinschaft hänge. Damit habe ich nicht gerechnet. Und jetzt ist da auch kein Schmiedehammer mehr, der die Ideen im Akkord aus mir heraus haut. In meinem Kopf herrscht Leere. Und noch etwas anderes, nämlich Angst.

„Ich bleibe bei Ted the Red." Ganz plötzlich spüre ich einen warmen Körper an meiner Seite und blicke erstaunt in Tomzkis braune Augen. „Er ist kein Besserwisser", ruft er weiter, „sondern ein echt schlauer Bursche, der was auf dem Kasten hat."

Von hinten drängelt sich Mos Vater nach vorne. „Meine Familie steht auch hinter dir", sagt er und dabei legt er mir seine Pfote auf die Schulter. Ich schlucke.

„Der Junge hier ist unsere Zukunft", sagt nun auch

der osteuropäische Anführer und in seinem Gefolge ziehen auch die Asiaten mit. Sie alle stellen sich hinter mir auf und bilden eine lebendige Mauer, die den vier Rattenmännern gegenübersteht.

Keiner sagt etwas. Niemand gibt einen Ton von sich. Die M-Männer kapieren es auch ohne Worte und ziehen einfach ab. Tomzki boxt mich erleichtert in die Seite.

Gerade will ich mich bei ihm bedanken, als uns ein Geräusch zusammenzucken lässt. Ich richte meine Ohren aus – allerhöchste Alarmstufe. Die Schuhe des Hausmeisters nähern sich. Im Bruchteil einer Sekunde sind wir alle verschwunden.

MARCO FILECCIA

OMMA
HAT
DAT SO
GEWOLLT

Ich weiß, dat Omma dat so gewollt hat, Willi", äffte Heinz seinen Schwager überdeutlich nach, „trotzdem kannst du mal vielleicht etwas leiser sein, damit hier nicht die Streife auftaucht." In der Stille zu laut und zu wenig unauffällig, schlichen die beiden Alten durch den Grafenbusch, der seinem vornehmen Namen noch immer alle Ehre machte. Sie hatten ihren Wagen vorsichtshalber am Schloss geparkt und sich zu Fuß aufgemacht. 900 Meter zum Gasometer, 900 Meter nicht auffallen, leise sein, konspirativ, trotz eines überdimensionalen Bolzenschneiders in der Hand und etwas, das an eine bauchige Blumenvase erinnerte. Eine Blumenvase mit Deckel.

„Schloss – dat ich nich lache," flüsterte Willi. „Aber Omma hätt dat gefallen: Die Königin vonne Schleusenstraße wird feierlich von ihre Paladine zu Grabe getragen."

„Bist du endlich still! Sonst sitzen die Paladine schneller auf der Wache, als du das Wort buchstabieren kannst. Paladine – was ist das überhaupt?"

„Hatt der Knopp immer gesagt," wollte Willi antworten, verstummte aber angesichts eines Hundebesitzers, der es schaffte, gleichzeitig genervt und lustvoll auszusehen, mit E-Zigarette in der Linken und Hundeleine samt Golden Retriever in der Rechten. Er schaute den beiden alten Männern hinterher, die anscheinend etwas Schweres trugen und Richtung Gasometer gingen. Dieses Scheißding, dachte er. Früher hatte man hier seine Ruhe. Und jetzt? Touristen! In Oberhausen! Sogar nachts mitsamt Fotoausrüstung! Du glaubst es nicht! Er saugte an diesem Plastik, das sich für ihn noch immer irgendwie nach Prothese anfühlte.

„Ich muss pissen!"

„Wie, du musst pissen?"

„Ich muss halt pissen. Die Aufregung schlägt mich auffe Blase."

Heinz schaute seinen Schwager entnervt an. Er kannte ihn fast ein halbes Jahrhundert. „Dann geh halt in die Büsche, ist ja grün genug hier."

„Ich kann nicht."

„Wie, du kannst nicht? Ich dachte du musst ..."

„Ich kann hier nicht!"

„Wie, du kannst hier nicht?" Heinz vergaß zu flüstern.

„Seit die Sache mit die Brennnessel ..."

„Keine Details, Willi! Hinter der Unterführung kommen Dixie-Klos, dann eben da." Pissende Paladine, schoss es ihm durch den Kopf. Na toll! Auf den Polizeibericht bin ich gespannt: Die Verbrecher urinierten ordnungsgemäß in dafür vorgesehenen Örtlichkeiten.

Ein kurzes Knacken und das blaue Plastikhäuschen stand offen. „ToiToi", sagte Heinz und schwang den schweren Bolzenschneider lässig auf die Schulter.

„Bisse doof? ToiToi? Ich muss nur pissen, nicht inne Kernspinn!"

„ToiToi ist das neue Dixie, Willi!"

Willi verschwand ungläubig und tauchte sehr schnell und sichtlich entspannter wieder auf: „Sach ma, Heinz", Willi blickte nach oben, „Tre-Zwo-Tre, wat meinen die denn damit?"

„Keine Ahnung, Willi. Aber lass uns jetzt mal weitermachen hier, sonst kriegen wir keine Anzeige wegen Einbruchs, sondern wegen Rumlungerns."

„Omma hat dat so gewollt."

„Ich weiß, dat Omma dat so gewollt hat, Willi!"

Sie erreichten das Kassenhäuschen mit den Ausmaßen eines Einfamilienhauses und gingen rechts vorbei zum grünen Zaun.

„Guck dich dat an, Heinz, die Döskoppe legen uns extra ein Treppchen hin!"

Erstaunlich einfach hangelten sich die beiden über den Zaun und stiegen auf die gestapelten Ziegel, die jemand an genau dieser Stelle bereit gelegt hatte.

„Sei bloß vorsichtig mit Oma!", ermahnte Heinz im Flüsterton und nahm die Vase vorsichtig in Empfang. Seine filigrane Zärtlichkeit stand im krassen Gegensatz zu seinen Händen, denen man die jahrzehntelange Maloche ansah. Thyssen. 20 Jahre. Tor 8, Warmbandzurichtung, gleich hier um die Ecke.

Sie gingen zum Fuß der riesigen Treppe und standen vor einem verschlossenen Tor. Sehnsüchtig blickte Willi am Gasometer entlang nach oben: „Scheiß-Treppe. Macht dat ganze Bild kaputt. Weißt du, watt dat Grüne da is?"

„Willi, ich weiß, was das ist," klang Heinz etwas verzweifelt, „aber wir müssen trotzdem über die Treppe, das Ding da hat keinen Strom!"

Der Bolzenschneider knackte erneut und sie machten sich ächzend und stöhnend und jede der 592 Stufen verfluchend den Weg hoch durch den Treppenturm, der ihnen wie ein Fremdkörper an ihrer geliebten Tonne vorkam.

„Heinz, ich hör wat!", flüsterte Willi seinem Schwager zu, der vor ihm stand mit der Urne in beiden Händen und offensichtlich aus der Puste.

„Wie ... du ... hörst ... was...?", stieß er im Rhythmus seines Keuchens aus.

„Da war ein Geräusch", verfiel Willi angesichts seines Erstaunens ins Hochdeutsche. „Klang wie Schritte."

Beide verharrten auf der Stelle und lauschten angestrengt in das Dunkel hinein. „Da! Wieder!" Diesmal flüsterte Willi wirklich.

„Willi, wir sind am Arsch!", fasste sein Schwager die Lage nicht ohne Verzweiflung zusammen. Diesmal malte er sich aus, was die Polizei wohl sagen würde zu zwei Rentnern mit einer gestohlenen Urne, eingebrochen und auf Oberhausens Wahrzeichen über 100 Meter hoch gestiegen. „Hast du das Testament dabei?", fiel ihm die einzig denkbare Chance auf mildernde Umstände ein.

„Hasse nix Besseres am Start?" Willi dachte praktisch und damit an Selbstverteidigung und anschließende Flucht.

„Da is einer! Nee, zwei!"

Sie hörten Stimmen und sahen zwei Schatten, die sich ebenso vorsichtig bewegten wie sie.

„Das sind Einbrecher – oder wie nennt man das, wenn man nur hoch und nicht rein, nix mitnimmt, sondern da lässt?" Heinz merkte schnell, dass ihn seine Angst plappern ließ.

Neugierig geworden wagten sie sich ganz langsam vor auf dem Dach, das mehr einem Käfig ähnelte.

„Weisse, datte nie erfährst, wenn hier einer springt", wollte Willi sagen, der sich diesen Spruch für den richtigen Ort aufbewahrt hatte, blieb aber stumm angesichts der Tatsache, hier und jetzt nicht alleine zu sein.

„Na, dat is aber gezz mal eine Überraschung!", brüllte Willi plötzlich los: „Der Karl und seine Inge – wat macht ihr denn hier?"

„Mensch, Willi, das kostet mich zwei Jahre meines Lebens! Hast du mich erschreckt!", fasste sich der so Angesprochene an die Brust und rief nicht weniger laut zurück: „Und der Heinz ist auch da! Na, da können wir ja sofort eine Eigentümerversammlung Tulpenstraße einberufen. Inge, mach' uns mal einen Kaffee."

Inge hielt die Arme auf dem Rücken verschränkt und erholte sich offensichtlich nur langsam von dem Schock der nächtlichen Begegnung. Zögernd fand sie ihre Sprache wieder: „N'Abend, Heinz. N'Abend, Willi!"

„Und?" Willi schaute fragend.

„Was – und?"

„Warum turnt ihr hier oben rum bei Nacht und Nebel? Schäferstündchen?"

Noch bevor ihr Mann Karl seiner Fantasie freien Lauf lassen konnte, antwortete Inge: „Es ist wegen Oppa." Langsam und zögernd holte sie eine Urne hinter ihrem Rücken hervor.

„Dat glaub ich gezz nich!" Willi stand vor einem

Lachkrampf. Alle vier hatten in ihrer Lautstärke schon längst jede Vorsicht aufgegeben und prusteten los, als Heinz seine Urne vorzeigte.

„Omma hat dat so gewollt."

„Und Oppa hat dat auch so gewollt", ergänzte Inge.

„Mit Lied?"

„Mit Lied!"

„Heute?"

„Heute!"

„Mitternacht?"

„Mitternacht!"

„Dat kann kein Zufall sein! Watt meinz du, Karl?"

„Nee. Hatten die nicht mal en Krösken? Inne 50er? War ein Riesenskandal, oder?"

„Jetzt ist aber Feierabend hier, Männer!" Inge fand zu ihrer resoluten Art zurück. „Erfüllen wir hier zwei letzte Willen oder ist das ‚Was bin ich'?"

Gemeinsam gingen sie – Rückenwind, Karl! – auf die Aussichtsplattform Richtung Kanal.

„Wie seid ihr eigentlich hochgekommen?", wollte Heinz wissen, dem vor dem Abstieg graute.

Karl strahlte und hielt ein Schlüsselbund hoch. „Mit dem Aufzug! Dem alten!"

„Wie mit dem Aufzug?"

Karl konnte seinen Stolz kaum verhehlen: „Ich habe dem Pressefritzen hier erzählt, ich hätte früher hier gearbeitet, wäre täglich rauf zur Kontrolle und wollte vor meinem Ende noch einmal ... und bei der Gelegenheit habe ich denen die Schlüssel geklaut. Naja, nicht geklaut, ich hatte mir heimlich Abdrücke gemacht. Gab nur ein Problem", Karl flüsterte plötzlich. „Inge und ich passten kaum rein. Und alleine wollte sie nicht fahren." Heinz nickte verständig und war innerlich sofort bereit, den Treppenabgang dafür einzutauschen.

Feierlich stellten sich die vier ganz vorne an das Gitter und kippten langsam die Asche aus, die wie dicker Staub noch in der Luft tanzte und nur langsam, scheinbar widerwillig Richtung Rhein-Herne-Kanal sank. Dazu sangen sie im Chor: „Wat soll dat, dat macht nix, dat stecken wir weg, genau wie die Zechen, die Kohle, den Dreck. Lieber auffem Gasometer im Sturmesbrausen und alles, watte siehst, is Oberhausen."

Tränen funkelten. Und Willi flüsterte: „Omma hat dat so gewollt."

ALEXANDRA LEICHT

FIRMENFEIER
MIT ABSTURZ

„Sie haben doch nicht etwa Schiss, mit dem Aufzug zu fahren?", schnaufte Olaf hinter seinem Chef, nach erklommenen fünfhundertzweiundneunzig Stufen der Außentreppe.

„Nicht ganz unbegründet, was?", fragte Hauptkommissar Gerd Oliver Wischnewski, kurz Gero genannt. Er war fitter als sein Assistent, obwohl doppelt so alt. Sein Puls schlug ruhig, noch längst nicht in Trainingsfrequenz und Gero hätte heute den Ruhr-Marathon laufen können. Und wollen, wenn diese verdammte Leiche nicht im wahrsten Sinne des Wortes vom Himmel gefallen wäre.

Gero verschaffte sich einen Überblick über den Tatort. „Ein Aufzug stürzt nicht ab", erklärte Gero seinem vom Treppenlauf hocherröteten Kollegen. „Irgendwo zwischen Dach und Erdgeschoss muss er manipuliert worden sein."

„Wieso sind Sie da so sicher? Vielleicht ist zufällig das Tragseil gerissen und die Kabine stürzte in die Tiefe?"

Gero drehte sich zu seinem jungen Mitarbeiter um und fragte: „Wie haben Sie sich eigentlich auf diesen Fall vorbereitet?"

„Wieso?"

„Wenn Sie sich vorbereitet hätten, wüssten Sie, dass jeder Fahrstuhl in Deutschland nur eine Betriebserlaubnis erhält, wenn eine funktionierende Fangvorrichtung eingebaut ist. Wenn also der unerwartete Fall eintritt, dass das Tragseil reißt, hat ein Lift zusätzliche Seile zur Sicherheit. Selbst wenn alle reißen, würde die

Kabine noch von der Fangvorrichtung gestoppt.""

„Warum haben wir dann da unten eine Leiche, platt wie eine Flunder vom Aufprall aus über hundert Metern?"

„Eben, Olaf!"

Gero beobachtete die Kollegen der Spurensicherung auf der Aussichtsplattform und Olaf staunte: „Man kann hier ja von den Stahlwerken am Rhein bis zur Arena auf Schalke gucken."

„Bei gutem Wetter haben Sie fünfunddreißig Kilometer Sicht von unserem ,Dach des Reviers'", sagte Gero. Genau das war es: Sein Revier, sein Pott, in dem er für Recht und Ordnung sorgte. Eine Leiche ging da gar nicht!

„Wirklich eine tolle Location für eine Firmenfeier", bemerkte Gero auf dem Rückweg abwärts, der unter die ehemalige Gasdruckscheibe führte, wo sich ein Raum für Veranstaltungen befand. Hier hatte das Opfer mit seinem Arbeitgeber gefeiert. Überall lagen noch die Tischdekorationen herum, bestickt mit Firmenlogo und Jubiläumsjahr. Der Eventmanager des Gasometers, Herr Wolle, wartete schon und Gero wollte keine Zeit vergeuden: „Wie viele Leute passen denn in Ihren kleinen Partykeller?"

„Bis zu tausendfünfhundert Personen. Bei der Firmenfeier gestern war der Raum ausgebucht."

Verdammt viele Zeugenaussagen! Die Spurensicherung würde sich auch bedanken. „Haben Sie persönlich die Firmenfeier organisiert?"

Wolle nickte bestätigend: „Die Buchung für die Jubiläumsfeier habe ich entgegengenommen und das Fest auch ausgerichtet."

„Haben Sie Zugang zu den Aufzügen?", bohrte Gero nach.

„Ich besitze einen Schlüssel und kann die Fahrt damit steuern und im Notfall die Türen öffnen."

„Ist Ihnen am Abend der Feier etwas Ungewöhnliches aufgefallen?"

„Der Strom war ein paar Minuten aus", antwortete Wolle. „Unser Haustechniker konnte das aber schnell beheben."

Gero und Olaf blickten sich im Kontrollraum um, Wolle blieb zurück. „Vielleicht ist durch den Stromausfall die Fangvorrichtung des Fahrstuhls außer Kraft gesetzt worden?", rätselte Olaf.

„Sie haben wirklich gar keine Ahnung", polterte Gero los. „Eine Fangvorrichtung funktioniert rein mechanisch, ohne Strom. Sie besteht aus der robusten Feder eines Eisenbahnwaggons, um der Kraft eines abstürzenden Aufzugs entgegenzuwirken. Ein Sperrzahn rastet sofort in die Führungsschiene ein, sobald das tragende Seil des Liftes bricht. Im Klartext: Die Feder würde dann auf den Sperrzahn drücken, der wiederum in der Führungsschiene einrasten würde."

„Hä?"

„Es war kein Unfall, es war Mord! Mehr brauchen Sie nicht zu kapieren." Jemand musste Zugang gehabt und den Aufzug bewusst gesteuert haben, anders war der Crash nicht zu erklären. Derjenige musste auch gewusst haben, wer damit unterwegs war. Die beiden

Ermittler kamen auf ihrer Rundtour wieder bei Herrn Wolle vorbei, der betroffen auf seine Schuhspitzen blickte, als die Leichenbestatter den Metallsarg aus dem Gasometer trugen.

„Kannten Sie den Toten eigentlich?", fragte Gero.

„Ja", stotterte Wolle. „Er ist ... er war mein Bruder."

„Beileid", sagte Gero. Er räusperte sich und wollte erstaunt wissen: „Wie war das Verhältnis zwischen Ihnen und Ihrem Bruder, wenn ich fragen darf?"

„Normal."

„Er hat gelogen", entrüstete sich Olaf und knallte die Akte triumphierend auf Geros Schreibtisch. „Ich habe mich, anders als Sie glauben, nämlich doch gründlich auf diesen Fall vorbereitet!"

Gero blätterte die Seiten um und überflog die Zeilen. „Die Mutter der beiden Herren ist kürzlich verstorben und besaß ein nicht unbeachtliches Vermögen", stellte Gero fest. „Erbschaftsstreitigkeiten?"

Olaf nickte. „Häuser und Ländereien. Die beiden Brüder kommunizierten zuletzt nur über ihre Anwälte."

„Damit hatte Wolle sowohl ein Motiv seinen Bruder zu töten als auch, wie er selber bestätigt, Zugriff auf den Aufzug. Außerdem war er als Eventmanager zur Tatzeit im Gasometer. Das nenne ich mal ein hieb- und stichfestes Alibi."

„Lass uns nochmal zum Gasometer fahren und Herrn Wolle dazu befragen. Die Aufzugfirma, die für die Wartung und Reparatur zuständig ist, habe ich auch dorthin bestellt. Bin gespannt, wie die uns erklären, dass ihre Fangvorrichtung nicht ordnungsgemäß funktioniert hat."

Als die Ermittler das Wahrzeichen der Region erneut erreichten, stach Gero das Logo auf dem Montagefahrzeug der Aufzugfirma ins Auge. Das Logo kam ihm bekannt vor. Der dazugehörige Monteur in blauem Arbeitsoverall war gerade dabei, in den Aufzugschacht zu klettern, als die beiden Ermittler hinzutraten.

„Und?", fragte Gero.

„Die Seile wurden angesägt und der Nothalt abgeschaltet."

„Ist das denn so einfach möglich?"

„Nein", antwortete der Monteur. „Nur ein Fachmann kann so tief in die Technik des Fahrstuhls eingreifen."

„Spricht nicht dafür, dass Herr Wolle die Manipulation vornehmen konnte", schloss Olaf. „Er hat zwar einen Schlüssel für das Ding, aber damit noch keinen Zugriff auf die Technik."

Gero nickte nachdenklich und meinte: „Vielleicht hat er Hilfe gehabt auf dem Weg Alleinerbe zu werden?"

Der Monteur unterbrach Geros Gedanken: „Ich habe Ihren Kollegen meinen Prüfbericht ausgehändigt. Unsere Firma hat die Hebevorrichtung vor sechs Monaten das letzte Mal gecheckt, da war alles in Ordnung. Danach ist laut unseren Unterlagen niemand mehr hier gewesen."

„Danke", sagte Gero und beobachtete, wie der Mann eilig aus der Tür verschwand und noch einige Worte mit der Kassiererin am Eingang des Gasometers wechselte.

„Hallo Andi, du bist ja schon wieder hier", sagte die Dame mittleren Alters im geblümten Kleid zu dem Overallträger.

„Ja stimmt. Begutachtungstermin wegen des Unfalls", erklärte der Monteur und schwang bestätigend seinen Werkzeugkoffer.

„Hallo Andi", hatte die Kassiererin vor zwei Tagen auch schon zu ihm gesagt. „Macht der Aufzug schon wieder Zicken?"

„Nein", hatte er geantwortet. „Ich bringe die Tischdecken und das ganze andere bedruckte Firmenzeugs für das Jubiläum vorbei. Der Betrieb wird zwanzig Jahre alt und wir feiern das Ereignis natürlich hier bei unserem besten Kunden." Zum Glück hatte ihn der Eventmanager schnell an der Kasse vorbeigelotst. Ihm war aufgefallen, dass der eine Wolle-Bruder aussah wie sein Bruder, der jetzt sein Vorgesetzter war. Sein unmittelbarer Weisungsbefugter. Der frischgebackene Prokurist mit Unterschriftsvollmacht und allem Pipapo.

„Guck dir gefälligst den Aufzug im Gasometer nochmal an, wenn du sowieso dort bist", hatte ihm sein Herr Wolle befohlen. „Der ruckelt in letzter Zeit, und diese Schlamperei soll der Chef nicht genau am Jubiläumsabend mitkriegen."

Da kam ihm die Idee, sich mit dem anderen Herrn Wolle aus dem Gasometer zu unterhalten. Nach dem Aufstieg könnte ja auch der tiefe Fall kommen. Er hasste Schleimer, und sein Vorgesetzter Wolle war in kurzer

Zeit so weit in den Chef-Hintern hineingeklettert, dass nur noch die Fußspitzen hinauslugten und man ihm dringend wieder hinaushelfen sollte. Jedes Wolle-Wort kotzte ihn an! Von diesem Schnösel sollte er sich weiter demütigen lassen? Er, der seit Firmengründung dabei war? Der andere Wolle würde ihm mit Freude Tür und Tor öffnen, dem lukrativen Tod der Mutter sei Dank.

„Checkst du noch den Aufzug?", hatte der Event-Wolle nach der kleinen Unterredung gefragt.

„Natürlich", hatte er gegrinst. „Ist eine kostenlose Serviceleistung unseres Hauses. Sie müssen nichts unterschreiben."

„Sobald die Erbschaft komplett an mich ausgezahlt ist, bekommst du deinen Anteil."

Diese Wolle-Worte hörten sich gut an.

SARAH MEYER-DIETRICH
DER SCHÖNE SCHEIN

Ophelia", sagte Rudi Koslowski, „sie sieht aus wie Ophelia." Und dann kotzte er ans Ufer des Rhein-Herne-Kanals. Der junge Kollege hatte ja nicht ahnen können, dass Koslowski die Tote kannte. Mehr noch. Dass es Annette Koslowski war, die dort bleich in den Wassern des Kanals trieb.

Der Kollege hatte ihn dann wenig später im Streifenwagen zum Revier zurückgebracht, sich mehrmals umständlich entschuldigt. Wenn Koslowski mehr bei der Sache gewesen wäre, hätte der junge Kollege ihm sicher leidgetan. Aber Koslowski konnte an nichts anderes denken als an das Gesicht der Toten. Die blasse Haut, die sanft geschlossenen Lider. Er war froh, dass Annette so schnell gefunden worden war. Er hatte in seiner langjährigen Tätigkeit bei der Kripo unzählige entstellte Leichen gesehen. In allen Phasen der Verwesung. Zerschmetterte Schädel, zerschmetterte Körper. Aber Annette war noch immer schön. Natürlich hatte man Koslowski sofort von dem Fall abgezogen.

Es war damals Hannes' Idee gewesen, den Betriebsausflug zu machen. Erst in den Klettergarten. Teambuildingmaßnahme. Und dann in den Gasometer. „Son bisschen Kultur schadet uns allen nicht." Rudi war wenig begeistert. Die Idee mit dem Klettergarten fand er gut. Aber der Gasometer? „Dieser Karl Ganser mit seiner bekloppten IBA Emscher Park", sagte er zu der Gästeführerin Annette, die so schön war, dass es wehtat. „Der hätte das Geld besser in die Infrastruktur hier stecken sollen. Ein U-Bahn-Netz fürs Ruhrgebiet, so wie in Berlin oder Hamburg, das wär mal ne ordentliche Investition gewesen. Stattdessen diese olle Tonne ...“

Annette hatte gelacht. Sie warf den Kopf in den Nacken dabei. Rudi hatte sich schon oft sagen lassen, dass er Humor habe. Aber nie hatte jemand so über seine Witze gelacht wie diese Frau. Hannes hatte Rudi auf die Schulter geklopft und gezwinkert: „Bei der hasse 'n Stein im Brett.“

Sie war mit ihnen aufs Dach gefahren, damit sie von dort auf das Ruhrgebiet sehen konnten. Schön sah es aus von hier oben, hatte Rudi gedacht. Und als die Kollegen sich in alle Himmelsrichtungen zerstreuten und auf die Umgebung deuteten – Duisburg, Bottrop, Gelsenkirchen – da hatte Rudi sich ein Herz gefasst und Annette gebeten, mit ihm auszugehen. Sie lachte nicht. Sie lächelte nur. Lächelte, dass Rudi ganz schwindelig davon geworden war, und nickte.

„Rudi, es tut mir so leid.“ Hannes nahm neben Koslowski Platz. „Willst du 'n Wasser? Oder Kaffee?“

Koslowski schüttelte den Kopf. „Schnaps?“ Wieder Kopfschütteln.

„Die haben mir den Fall jetzt übertragen.“

Koslowski nickte leicht. Dann flüsterte er: „Ophelia, sie sah aus wie Ophelia.“

„Du meinst die Geliebte von Hamlet, die ins Wasser geht?“ Statt eine Antwort zu geben starrte Koslowski nur auf seine Hände. Er dachte an das Bild, das Annette und er in der Ausstellung im Gasometer gesehen hatten. Eine Reproduktion der Ophelia von John Everett

Millais. Öl auf Leinwand. Die Ophelia treibt, von Blüten umgeben, in einem Bach.

Sie hatten die Hochzeit im kleinen Kreis gefeiert. Auf einem Ausflugsschiff auf dem Rhein-Herne-Kanal, mit Blick auf den Gasometer. Den Ort, an dem alles angefangen hatte.

„Der Karl Ganser mit seiner IBA Emscher Park", hatte Rudi gesagt. „Den könnte ich echt küssen, dass er diesen verdammten Gasometer erhalten hat."

Annette hatte gelacht. Lachte laut und warf den Kopf dabei in den Nacken.

„Rudi, das ist jetzt sicher nicht passend, aber ich muss dich das fragen", sagte Hannes. „Hattet ihr Streit in letzter Zeit, du und Annette?" Koslowski schüttelte den Kopf. Starrte weiter auf den schmalen goldenen Ring an seiner rechten Hand.

„Sonst irgendetwas, was wichtig sein könnte für die Ermittlungen?", fragte Hannes und hielt Koslowski eine Schachtel Zigaretten hin. Koslowski griff zu, steckte sich die Fluppe zwischen die Lippen und neigte den Kopf Hannes entgegen, der ihm ein brennendes Streichholz hinhielt.

Er inhalierte tief. Dann sagte er: „Ja, etwas könnte wichtig sein."

Hannes schaute ihn aufmerksam an. Koslowski fragte sich, warum sie ausgerechnet ihm den Fall übertragen hatten. Als ob Hannes unbefangen an einen Fall gehen könnte, der Koslowski betraf. Die beiden kannten sich schon ewig. Und wo Hannes doch sogar Trauzeuge gewesen war.

Koslowski nahm noch einen zweiten Zug. Ihm wurde etwas schummrig. „Wir waren vor ein paar Tagen in der Ausstellung im Gasometer. Danach sind wir noch auf die Aussichtsplattform rauf." Koslowski schluckte. „Die haben da ja schon vor Jahren so hohe Gitter angebracht, weil es zu viele Selbstmorde und Unfälle gegeben hatte." Noch ein tiefer Zug und Koslowski fuhr fort: „Wir haben da oben gestanden und Annette hat gesagt, sie fühlt sich wie ein Vogel im Käfig. Dabei würde sie so gern fliegen."

Hannes' Augen weiteten sich. „Du meinst ...?"

Koslowski nickte. „Ich hab das nicht ernst genommen. Ich hab gedacht, dass sie das nur so gesagt hat. Sie war oft in sich gekehrt und still gewesen in letzter Zeit. Ich hätte das ernster nehmen sollen mit dem Fliegen. Ich hätte verstehen müssen, dass sie ..."

Hannes legte Koslowski mitfühlend eine Hand auf die Schulter: „Rudi, das konnte doch echt keiner ahnen. Du darfst auf keinen Fall dir die Schuld geben. Willst du noch eine?"

Koslowski griff zu. Dass er eigentlich längst aufgehört hatte zu rauchen, war scheißegal. Alles war scheißegal jetzt.

„Guck mal", hatte Rudi gesagt und auf das Bild mit der Toten im Wasser gedeutet. „Ist das nicht wunderschön?"

Annette blieb tatsächlich stehen. Sie schaute lange

und zuckte dann bloß mit den Schultern. Als Rudi ihre Hand greifen wollte, zog sie die weg. Annette wollte gehen. Sie hatte es eilig.

„Lass uns doch wenigstens noch kurz auf die Aussichtsplattform", hatte er sie gebeten. Wieder zuckte Annette bloß mit den Schultern.

Nach einigen Tagen bestellte Hannes Koslowski noch einmal aufs Revier. „Wir stellen die Ermittlungen ein", sagte er. „Du hattest Recht, wie es scheint. Nichts deutet auf Fremdeinwirkung hin. Sie ist ins Wasser gegangen. Aber sie hat dir einen Brief hinterlassen."

Hannes schob Koslowski eine Fotokopie hin. Annettes Handschrift. Hannes stand auf und schaute aus dem Fenster, drehte Koslowski den Rücken zu, während der las.

Lieber Rudi,
ich muss gehen. Ich wäre gern länger geblieben. Ich hätte so gern länger bleiben wollen. Aber ich kann nicht. Bitte versteh.
Annette

„Und jetzt?", wollte Koslowski wissen.

„Du kannst alles für die Beerdigung organisieren. Wenn du irgendetwas brauchst ..."

Müde winkte Koslowski ab.

Annette hatte gelacht. Sie lachte, weil Rudi seine Hose nicht mehr passte. Er hatte zugelegt, seit er aufgehört hatte mit dem Rauchen. Dabei hatte sie es doch so gewollt. Hatte gesagt, dass ihr übel würde von seiner ganzen Qualmerei. Und dann hatte sie ihn ausgelacht. „Musst du halt Sport machen", hatte sie gesagt und damit wieder darauf herumgeritten, dass er träge geworden sei. Dabei stimmte es nicht. Er war nicht träge geworden. Er war schon immer so. Sie hatte ihn bloß mit anderen Augen gesehen. Das gehört doch zu einer Beziehung dazu, hatte Rudi gedacht, dass man sich hier und da ein bisschen blind stellt und Milde walten lässt. Aber Annettes Augen waren schonungslos. Ihr Lachen war schonungslos. Er wollte auch an ihr einen Makel entdecken. Aber so sehr er auch hingeschaut hatte, immer hatte er nur gesehen, wie schön sie war. So schön, dass es wehtat.

Als sie wenige Tage später am Grab standen, sagte Koslowski zu Hannes: „Dieser elende Karl Ganser, hätte der doch nur zugelassen, dass die den verdammten Gasometer einfach abreißen." Mitfühlend legte Hannes seinem Freund und Kollegen die Hand auf die Schulter.

Als sie oben auf der Plattform standen, hatte Annette gesagt: „Es geht so nicht weiter, Rudi."

„Da vorne, guck mal", hatte Rudi geantwortet, „die Emscher. Und der Rhein-Herne-Kanal." Er wollte nicht hören, was sie zu sagen hatte. Das gehörte doch zu einer guten Beziehung dazu, dass man hin und wieder mal weghörte und Milde walten ließ.

„Rudi", Annette stand jetzt direkt neben ihm. „Ich

halte das nicht mehr aus. Diese Ehe ist für mich zu einem Käfig geworden. Nur Gitterstäbe. Dabei will ich fliegen."

Rudi legte den Kopf in den Nacken und lachte. Lachte. Konnte gar nicht aufhören zu lachen. Annette drehte sich um und ging. Und Rudi hatte immer noch gelacht.

Er hatte Glück gehabt. Dass Hannes eingesetzt worden war, der bestimmt nicht hart genug gegen seinen Freund ermittelt hatte, war Glück. Und dass der junge Kollege ihn zum Kanal gerufen hatte, war Glück. So hatte Koslowski als erster die Fußspuren bemerkt, die zum Kanalufer führten. Abdrücke, die zu groß und zu tief waren für eine zierliche Frau wie Annette. Schnell war er in die Spuren getreten. Sie passten genau.

Hier hatte er gestanden und die Dienstwaffe auf Annette gerichtet. Ob er abgedrückt hätte, wenn sie nicht bereitwillig ins Wasser gegangen wäre? Warum hat sie sich nicht gewehrt, hatte Koslowski sich gefragt, während er Annettes Brief aus der Tasche zog.

Als Rudi den Brief auf dem Küchentisch liegen gesehen hatte, wusste er gleich, was Sache war. Die paar Zeilen bestätigten seinen Verdacht. Er hatte die Zeilen immer wieder gelesen. Sie hallten im Kopf nach. Und dazwischen hörte er Annettes Lachen. Immer lauter. Ihr Lachen.

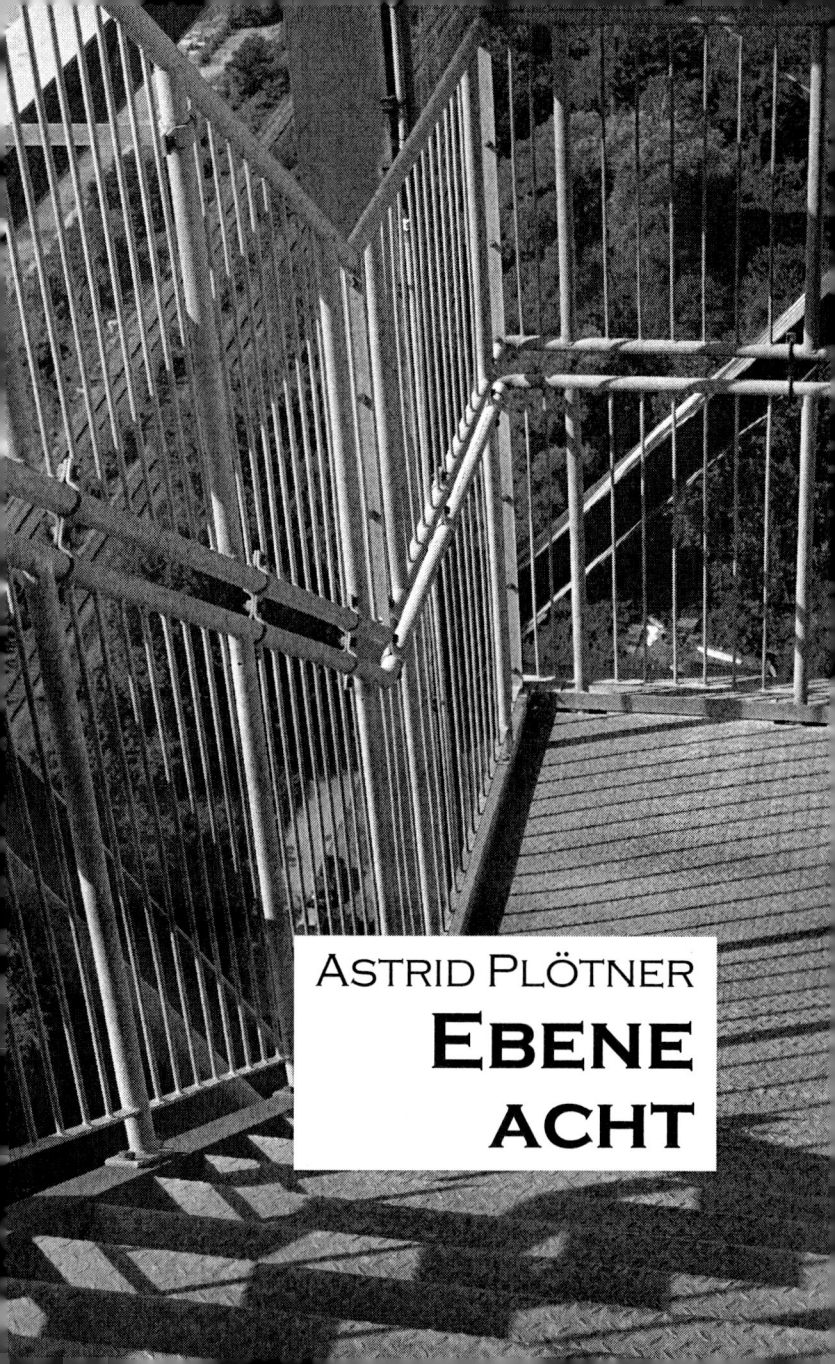

Da lag sie im Bachlauf, ließ sich tragen vom Wasser, bis das lange Kleid vollgesogen sein und sie zum Grunde ziehen würde. Die Lippen geöffnet, den Blick ins Nichts gerichtet, sah sie dennoch zufrieden aus. Störend wirkte das Messer, dessen Klinge sich in ihr Herz bohrte, umgeben von Blut, das langsam in dünnen Rinnsalen zu Boden tropfte. Es hatte sich bereits eine kleine Lache unter dem Bild der „Ophelia" angesammelt, die in dem düster beleuchteten Ausstellungsraum kaum zu sehen war.

Markus Terborg, freiberuflicher Detektiv, begutachtete die Darstellung von Sir John Everett Millais, der die sterbende Ophelia aus Shakespeares „Hamlet" auf seinem Gemälde so überzeugend in Szene gesetzt hatte. Rechts in der unteren Ecke fiel ihm eine mit schwarzem Filzstift aufgemalte 67 auf. Der Detektiv streifte sich Latexhandschuhe über, ging in die Hocke und tippte in die rötliche Lache. Er roch an seinem Finger und nickte.

„Das ist Blut. Sie sagen, das ist der dritte Anschlag auf eine der Nachbildungen, die Sie in Ihrer Ausstellung ‚Der Schöne Schein' präsentieren?"

Die Assistentin der Geschäftsführung im Gasometer Oberhausen nickte und führte Terborg in einen Nebenraum, wo man zwei weitere beschädigte Bilder hingeschafft hatte. Das eine zeigte „Das Haupt der Medusa" von Peter Paul Rubens. Terborg blickte auf die sich windenden Schlangen, die um den abgeschlagenen Kopf zuckten. Auch hier zerstörte ein Messer das Bildnis. Es steckte in Medusas rechtem Auge, aus dem Blut zu spritzen schien. In der Ecke war die Zahl 65 aufgemalt. Dieser Anschlag sei Dienstag vor einer Woche geschehen. „Und das dritte Kunstwerk?"

Die junge Frau deutete auf das Bild eines fülligen Weibes mit nacktem Oberkörper, die den Blick entsetzt zum Himmel richtete. Der Tod stand in Gestalt einer verwesenden Leiche hinter ihr und drückte seine Krallen in ihre Seite, während sein knochiger Schädel die Zähne in ihr Kinn grub.

„Sechzehntes Jahrhundert", erklärte die Assistentin. „‚Der Tod und die Frau' von Hans Baldung. Das erste Attentat geschah ebenfalls an einem Dienstag, wiederum eine Woche zuvor."

Hier steckte das Messer im Bauch des Opfers. In der Ecke unten rechts stand die Zahl 109. Terborg deutete mit dem Finger darauf: „Was haben diese Nummerierungen zu bedeuten?"

Die Assistentin hob ratlos die Schultern. „Wir bekritzeln die Bilder nicht mit Filzstift. Die Reproduktionen sollen so echt wie möglich aussehen."

Sie vermutete, die Taten könnten abends passiert sein, da ab siebzehn Uhr der Besucherstrom nachlasse. Auf Terborgs Frage, was die Polizei zu den Vorfällen sage, zuckte sie die Schultern. Es seien Ermittlungen aufgenommen worden, aber Hoffnungen habe man nicht gemacht.

„Hm", sagte Terborg nur. Deshalb hatte sein Auftraggeber, ein Industrieller, ihm den Job übertragen. Der war Fan des Gasometers und meinte, die Anschläge könne man auch als Drohung sehen. „Ich werde nächsten Dienstag hier sein", versprach Terborg, nahm noch eine Tüte Informationsmaterial entgegen und verabschiedete sich.

Am folgenden Dienstag checkte der Detektiv zunächst die Räumlichkeiten des Gasometers, in erster Linie die Fluchtmöglichkeiten des Täters. Terborg wanderte durch die Ausstellung, dann stieg er in die dritte Etage, wo die Lichtkünstler von Urbanscreen ein Lichtspektakel installiert hatten. Die Zuschauer auf dieser Etage lagen teilweise auf Kissen und starrten den Turm hinauf, wo „320°Licht" inszeniert wurden. Sich ständig ändernde Lichtformen beleuchteten das Innere des Gasometers, eingebettet in eine Klanginstallation. Terborg war begeistert und vergaß fast, dass er einen Bildermörder überführen sollte.

Um sechzehn Uhr bezog er Position in der Nähe der Reproduktion des Gemäldes „Das Begräbnis der Atala". Denn dieses Bild befand sich im Katalog der Ausstellung auf Seite 67. Und das war die Zahl, die mit Filzstift auf das zuletzt zerstörte Bildnis der „Ophelia" gekritzelt wurde. Terborg vermutete, dass der Täter auf diese Weise sein nächstes Objekt der Zerstörung ankündigte.

16 Uhr 45. Im Ausstellungsraum auf Ebene zwei befanden sich ein Dutzend Besucher. Ein älteres Ehepaar stand seit zehn Minuten vor der „Atala", studierte die nebenstehende Beschreibung und konnte sich von der Faszination durch den Tod nicht losreißen.

17 Uhr 30. Noch fünf Besucher im Ausstellungsraum. Das alte Ehepaar, ein jüngeres Paar und ein Bursche mit Kapuzenjacke. Letzteren ließ Terborg nicht

aus den Augen. Das ältere Ehepaar stand erneut vor der toten „Atala". Der Mann zückte einen Fotoapparat und knipste. Seine Frau kramte in ihrer Handtasche. Am liebsten hätte Terborg die beiden Richtung Ausgang geschoben. Das junge Paar stieg schließlich die Treppe hinab ins Erdgeschoss. Der Bursche mit Kapuze starrte auf die Beschreibung eines Exponats.

Endlich wandte sich der alte Mann mit seiner Kamera von der „Atala" ab und widmete seine Aufmerksamkeit dem Gemälde des „Narziss" von Michelangelo, das in der Nähe positioniert war. Plötzlich geriet er ins Straucheln. Er schien einen Schwächeanfall zu haben, taumelte und riss „Narziss" mit sich zu Boden. Terborg stürzte auf den Alten zu. Auch der Bursche kam angerannt. Der Alte war blass im Gesicht. Als Terborg den Notarzt informieren wollte, winkte er jedoch ab und stand erstaunlich schnell auf den Beinen.

„Alles in Ordnung", sagte er. „Mir fehlt nichts. Ich brauche nur ein bisschen frische Luft." Er bedankte sich, hakte sich bei seiner Frau ein – und gemeinsam verabschiedeten sie sich lächelnd.

Terborg hob das Bild des Narziss hoch und lehnte es an die nächste Wand. Es schien nicht beschädigt zu sein. „Scheiße!", schrie plötzlich der Typ im Kapuzenpullover. Markus Terborg blickte überrascht auf und folgte mit dem Blick der Geste des Mannes.

„Scheiße", murmelte Terborg, als er die Reproduktion vom „Begräbnis der Atala" sah. In der Brust der Toten steckte ein Messer und rund um die Wunde war Blut verteilt, das langsam zu Boden lief. Er sah den Kapuzenpullover an, der sich als Kommissar Kronberg vorstellte, und fast gleichzeitig riefen sie: „Die Alte!" Da beide nicht beobachtet hatten, ob das Ehepaar die Ausstellung verlassen hatte, rannte Kronberg Richtung Treppe zum Hauptausgang und Terborg hinauf in die Lichtinstallation von Urbanscreen. Der Turm des Gasometers war leer. Sanfte Klänge hallten in Terborgs Ohren im Einklang mit graphischen Mustern an der Wand. Langsam gewöhnten sich seine Augen an das Licht. Jetzt fiel ihm auf, dass der Panoramafahrstuhl nach oben fuhr. Sofort rannte Terborg zum Aufzug und hämmerte auf den Fahrstuhlknopf.

Es schien eine Ewigkeit zu dauern, ehe die gläserne Kabine sich nach unten bewegte. Terborg tippte nervös mit dem Fuß auf den Boden, als das Gefährt ihn langsam in die Höhe fuhr. Er beobachtete die Lichtinstallation, in der tausende weiße Stäbe auf schwarzem Hintergrund zitternd zu Boden fielen. Endlich konnte er die gläserne Kabine verlassen.

Draußen trieb ihm der böige Wind eine Gänsehaut über den Rücken. Es war empfindlich kalt. Er umkreiste im Laufschritt die Aussichtsplattform. Aus den Augenwinkeln sah er einen Massengutfrachter auf dem Rhein-Herne-Kanal schippern, daneben jagte auf den Bahngleisen mit lautem Getöse ein Güterzug vorbei.

Terborg war allein auf der Plattform. Er wandte sich zum stählernen Treppenturm und blickte hinunter. Tatsächlich! Nur eine Ebene unter ihm zerrte die Alte ihren Mann die Treppen hinab, der recht klapprig auf den Beinen war und sich krampfhaft am Geländer festhielt. Der Detektiv nahm die Verfolgung auf. Seine Füße ratterten Stufe für Stufe abwärts. Auf jedem Podest hatte sich vom Starkregen der letzten Nacht eine Pfütze gebildet, über die er jeweils einen Satz machte. Trotz seiner Leibesfülle holte Terborg schnell auf. Auf Ebene acht hatte er die beiden eingeholt. Er packte den alten Mann am Arm. Dieser keuchte, als hätte er einen Marathonlauf hinter sich. Er lehnte sich erschöpft an die graue Stahltür, die ins Innere des Gasometers führte, direkt unter dem Schild, das 74,16 Meter Höhe anzeigte. Die Alte schluchzte.

„Es ist meine Schuld", begann sie und dann folgte in einem Redeschwall ihr Geständnis. Sie hätten die Aktion mit den Bildern aus reiner Rachlust veranstaltet. Ihr Mann sei ein talentierter Maler. Mehrfach hätten sie vorgeschlagen, seine Kunstwerke im Gasometer auszustellen. Aber immer sei eine Absage von den Verantwortlichen gekommen. Und nur weil Herbert ausschließlich in Rot male und dazu sein und ihr Blut benutze. Daher hätten sie auch mit ihrem Blut die Exponate entstellt. Wie eine Art Unterschrift. Die Alte zeigte ihm zum Beweis mehrere leere Spritzen, die sie in der Handtasche hatte. Terborg schluckte. Deshalb waren die Senioren so unnatürlich blass. Die Alte weinte. Ihr Mann ging vor der Stahltür in die Hocke. Terborg wartete stumm, bis Kommissar Kronberg mit zwei Streifenbeamten Ebene acht erreichte und die beiden abführte.

MANFRED VOLLMER

DER
SCHREI DES
FOTOGRAFEN

Die Daten habe ich mir eingeprägt, ich konnte sie damals, im Februar 1993, auswendig: „Oberhausen, Gasometer am Gelände der ehemaligen Gutehoffnungshütte. Technische Daten: 117,5 m Höhe, 67,6 m Durchmesser, Stahlkonstruktion, Kompressionsplatte, Aufzug außen (4 Personen) – zwischen 1927 und 1929 als Scheibengasbehälter errichtet. Zunächst zur Gichtgasspeicherung, einem Abfallprodukt der umliegenden Hochöfen der Gutehoffnungshütte. Die sogenannte Gasdruckscheibe schwamm, von zusätzlichen Betongewichten beschwert, auf dem Gas und konnte je nach vorhandener Gasmenge die Wände des Gasometers entlang auf- und abgleiten und hielt somit den Gasdruck konstant."

Und jetzt sollte das Riesenteil von der IBA Emscher Park für 16 Millionen D-Mark zu Europas höchster Ausstellungshalle umgebaut werden – und ein Bruchteil der 16 Millionen sollte in meine Tasche fließen: Ich sollte in diesem Februar 1993 für die IBA Emscher Park den Gasometer-Innenraum fotografieren. Aber ohne Blitz, man weiß ja nie – Restgas und so.

Und so rumpelte ich, begleitet von einem Menschen mit den entsprechenden Schlüsseln, in dem Außenaufzug in die Höhe. Die Angabe „Aufzug außen, vier Personen" hatte ich nach dem Eintritt in den engen Kasten für mich auf „Aufzug außen, vier Personen nach extremer Abmagerungskur" korrigiert – mir schwebten vier Twiggys vor. Endlich oben angekommen, beschrieb mir der Begleiter mit den Schlüsseln den Weg zur Einstiegsluke auf dem Gasometerdach. Er bleibe hier und werde warten. Warum verdammt ging der Kerl nicht mit mir?

Ob mit oder ohne Begleitung – Auftrag ist Auftrag. Also hin zu der Luke, schön vorsichtig; vertrauenerweckend war was anderes. Ich öffnete die Luke, dabei fiel mir das schöne Wort „schwergängig" ein, und konnte in den Gasometerinnenraum blicken: Dunkelheit, 117 m hoch und 67 m breit. Eine Leiter, so langsam gewöhnten sich die Augen an das bisschen Restlicht, eine Leiter führte auf ein Balkönchen in ansprechender Rostfarbgebung, da hingebaut von 1927 bis 1929 und seitdem keinen Pinsel gesehen. Ich stieg rückwärts vorsichtig die Leiter herunter. Fototasche und Stativ waren sehr hinderlich, aber ohne Ausrüstung wäre der Abstieg sinnlos.

Ich hielt inne. Augen auf im Gasometer, weit auf. Jetzt dämmerte es sowohl im Innenraum als auch mir: Ich verstand, warum sich mein Begleiter in der Nähe des Aufzugs aufhalten wollte. Ich aber musste auf das marode Balkönchen treten, wie sollte ich sonst ein Foto machen vom Zylinderinnenraum? Ich zögerte, dachte an meine liebe Familie, die Frau und die drei Kinder. Würden die Lebensversicherungen und der Hauch einer Rente ausreichen? Immerhin zahlte die Lebensversicherung bei Unfall doppelt, vielleicht bei 117 Meter Abgang auch vierfach? Wollte ich überhaupt schon sterben?

Ich sagte zu mir: „Jetzt geh einfach, du Feigling, ohne Foto kein Honorar, dann war doch alles umsonst." Na ja, es war nicht ganz umsonst: Eine schöne Geschichte war es bis hierher schon, aber ein Fotograf wird nicht fürs Geschichtenerzählen bezahlt. Vier hungrige Mäuler warteten, meins noch gar nicht mitgerechnet. Das marode Balkönchen lockte: „Komm, komm, komm!" Und ich tastete mich im Dämmerlicht Schrittchen für Schrittchen vor, das Geländer nicht loslassend.

Und das war gut so, denn mein Schrei hallte und hallte in der Leere des Gasometers; ich schrie und schrie, obwohl es kein Publikum gab – aber der Schreck war mir in die Glieder gefahren: Da saß, auf einem altem Stuhl festgebunden, im Halbdunkel auf dem maroden Balkon ein grinsendes Skelett, von ein paar Kleiderfetzen kaum verhüllt. Ich schrie in den dämmerlichtigen Gasometer, obwohl ich doch einen ganz anderen Auftrag hatte – welch gespenstischer Moment! Meine Hände waren am Geländer festgekrampft, jede Geistesgegenwart dahin, in keiner Unterrichtseinheit der Folkwangschule war solch ein Szenario durchgenommen worden. Was hätte unser Professor wohl gemacht?

Mein Schrei wurde zunehmend kraftloser, am Ende tonlos. Ganz langsam, während das Skelett immer deutlicher wurde im Dämmerlicht und immer höhnischer grinste, gewann ich die Fassung wieder. Der Mann mit den Schlüsseln war nicht aufgetaucht, hatte die Schreie nicht gehört, träumte vielleicht 117 Meter über dem Erdboden vom Wochenende, obwohl erst Montag war an diesem 1. Februar 1993. Wäre er überhaupt eine Hilfe? Ich besann mich auf Bewährtes, ließ Auswendiggelerntes Revue passieren: „Oberhausen, Gasometer am Thyssengelände; Technische Daten: 117,5 m Höhe, 67,6 m Durchmesser, Stahlkonstruktion, Kompressionsplatte ...", und so weiter. In der Objektbeschreibung war kein Wort von einem Skelett.

1929 war der Bau vollendet worden, länger als 64 Jahre konnte der Tote also nicht da sitzen. Wenn er damals eingeschlossen worden wäre, dann wäre er verhungert – 64 Jahre hält keiner ohne Nahrung und Getränke aus, niemand.

Warum war ich überhaupt hier oben drin? Eigentlich doch um zu fotografieren. Ich war immer überall um zu fotografieren, hatte nichts anderes gelernt an der Folkwangschule für Gestaltung, wo es das Seminar „Wie geht der Fotograf mit einem Leichenfund um?" einfach nicht gab. Nach so einem Seminar hätte man vielleicht ganz cool reagieren können; vielleicht „Hallo, alles klar?" gesagt und nach Sinn und Zweck des Aufenthalts gefragt. Und dann hätte man, obercool, den Leichnam abgelichtet und exklusiv vermarktet. Dabei wäre schon mehr als nur ein Bruchteilchen von 16 Millionen rumgekommen, dann hätte man auftragsgemäß den Gasometer von innen fotografiert, die Auftragsbilder an die IBA Emscher Park geliefert und zusätzlich ein hübsches Sümmchen mit den Skelettbildern abkassiert.

Hätte, wenn und aber. „Historisch markiert seine (des Gasometers, nicht des Skeletts) Lage den Schnittpunkt feudaler Vergangenheit des Reviers und gründerzeitlicher Industriedenkmäler" – der auswendig gelernte Text half, ins Hier und Jetzt zurückzukommen. Ich beschloss, immer noch leicht zitternd, die Ausrüstung vom maroden Balkönchenboden aufzusammeln und, ohne Blickkontakt zum grinsenden Leichnam, die geforderten Gasometerfotos zu schießen. Machte also die Fotos vom Stativ, Blende 8 und viele Sekunden Belichtungszeit. Dann verließ ich das marode Balkönchen, zweifach aufatmend und, geschult durch endlos viele Tatort-Krimis, Fingerabdrücke vermeidend. Kletterte das Leiterchen zur Luke hoch und verließ den Innenraum eines der höchsten Gasometer Europas, fand den Weg zum Aufzug und daselbst, melodisch schnarchend auf hartem Untergrund, meinen Menschen mit den Schlüsseln, den ich weckte und der mich, erwachend, mit einem „Sie sind aber blass!" begrüßte.

„Na ja", sagte ich, „ist das ein Wunder, wenn man im Gasometer auf einen grinsenden Skelettmann stößt?"

„Nein", erwiderte der nette Mensch mit den Schlüsseln, „ist es nicht, ha, ha, ha!" Und hat nicht „ha, ha, ha" gemeint, sondern „ga, ga, ga" – bescheuert, diese Fotografen. Wir bestiegen den Aufzug und rumpelten die 117 m herunter, die 65 m Durchmesser spielten jetzt mal keine Rolle. Ich konnte mich nicht erinnern, jemals so erleichtert gewesen zu sein festen Boden unter den Füßen zu haben. Ich bedankte mich bei meinem Guide und suchte eine Telefonzelle; die Zeiten des Mobiltelefons waren damals, 1993, Zukunft.

Ich wählte 110: „Hallo, ja hier spreche ich, ich möchte meinen Namen nicht nennen, sonst lande ich noch in der Gefängniszelle statt in der Telefonzelle. Ich spreche mit verstellter Stimme und habe ein Taschentuch im Ohr, also versuchen Sie gar nicht erst, mich zu übertölpeln. Ein Kapitalverbrechen möchte ich melden, der Täter ist flüchtig, aber das Opfer sitzt als Skelett oben im Gasometer und ist tot. Mausetot. Nehmen Sie doch bitte Ihre Ermittlungen auf."

Und das tat die Kriminalpolizei auch, pinselte den ganzen Gasometer innen und außen ergebnislos nach Fingerabrücken und sonstigen Spuren ab, das Interesse der Medien war riesengroß. „Bild" titelte: „Toter im Gasometer – wer war der Täter?"

Die Ermittlungen verliefen im Sande, ein Chefermittler ließ sich frühpensionieren – es war ein Desaster für die Kripo. Köpfe rollten. Bild: „Kripo tappt im Dunkeln."

Als ich Jahre später in einem unserer nördlichen Bundesländer mit landwirtschaftlicher Prägung weilte und den Lokalteil der dortigen Zeitung überflog, las ich: „Entführung des Konservenkönigs Wüllenkemper vor zwölf Jahren weiter unaufgeklärt. Polizei geht von Kapitalverbrechen aus."

Wie Schuppen fiel es mir von den Augen: Der Entführer hatte mit seinem makabren Humor den Konservenkönig in den Gasometer verfrachtet, in diese Riesenkonservendose, auf einem Stuhl auf dem Balkönchen gefesselt, das Lösegeld kassiert, war damit ab in die Südsee und hatte den armen Konservenkönig ganz vergessen. Der Klassiker.

Wenn die Ermittler nicht von selbst auf diese einfache Lösung kamen – von mir würde es kein Wort geben. Wozu auch – ich will ja nicht die Arbeit der Kripo machen, sondern nur im Sammelband landen. „Pott-Krimis, kurz und gut".

Zum Wettbewerb

Es gab insgesamt 175 Einsendungen zum Wettbewerb um den besten Gasometer Krimi. Eine Jury hat sich für die in diesem Buch präsentierte Auswahl entschieden.

Mitglieder der Jury waren:

- Dr. Mischa Bach, Autorin („Rattes Gift"), Drehbuchautorin „Polizeiruf 110", unterrichtet Literaturwissenschaft an der Universität Duisburg Essen
- Jens Dirksen, Autor, Redaktionsleiter Kultur/Wochenende der WAZ
- Horst Eckert, Düsseldorf, Autor von mehr als einem Dutzend Kriminalromanen, ausgezeichnet mit dem Friedrich Glauser-Preis, aktueller Titel „Schattenboxer"
- Reinhard Jahn, Autor, Bochumer Krimi-Archiv, Lektor, Herausgeber, Krimi-Experte, Kritiker („Mordsberatung auf WDR5")
- Dr. Herbert Korr, Autor, Festivalleitung „Mord am Hellweg", Leiter des Westfälischen Literaturbüros Unna

Aus der im Buch veröffentlichten Shortlist wurden folgende Krimis mit Preisen bedacht:

1. Preis: „Der schöne Schein"
2. Preis: „Rache ist Blutdurst"
3. Preis: „Das Rattennest"

AUTOREN-VERZEICHNIS

Markus Alferi ist 29 Jahre alt, verheiratet und lebt seit seiner Geburt in Duisburg. Neu im Autorengeschäft, brachte es der selbstständige KMU-Förderberater und Teilzeit-Germanistikstudent bisher auf eine veröffentlichte Kurzgeschichte in „Die Novelle – Zeitschrift für Experimentelles". Sein großes Interesse gilt allem Vergangenen, insbesondere der Geschichte des Ruhrgebiets.

Thomas Beneke, wurde am 13.11.1959 in Bochum geboren und wuchs in Hattingen auf. Er ist Diplom-Ingenieur und arbeitet als Sicherheitsingenieur in einem Ingenieurbüro im Münsterland. Der Hang zum Schreiben muss immer schon in ihm geschlummert haben, so dass er durch erste Kurzgeschichten mit dem Themenschwerpunkt Motorrad in entsprechend gelagerten Foren auf sich aufmerksam machen konnte. 2014 veröffentlichte Thomas Beneke sein erstes eigenes Buch unter dem Titel „Heul doch" im Selbstverlag und erzählt darin humorvoll in autobiografischer Weise seine Erlebnisse als Sicherheitsingenieur auf Baustellen. Sein zweites Buch, die Ruhrgebiets Krimisatire „Fang am Beten", erschien 2015 im EINBUCH Buch- und Literaturverlag Leipzig. Das dritte Buch, „Blasenpflaster am Nanga Parbat" veröffentlichte er im selben Jahr im Selbstverlag.

Petra Brumshagen wurde 1979 in Oberhausen geboren. Nach ihrer Ausbildung zur Buchhändlerin studierte sie in Bochum Germanistik und Sozialpsychologie. Hauptberuflich ist sie heute als Redakteurin tätig. Als Autorin hat sie bislang zwei Romane („Scheinfrei", „Schunkelfieber"; beide im Querverlag, Berlin), mehrere satirische Kurzgeschichten (u. a. beim Satyr Verlag, Berlin) und ein Buch über ihre Erlebnisse mit Mitfahrgelegenheiten („Hinsetzen, anschnallen, Klappe halten", Heyne Verlag, München) veröffentlicht. Nach einigen Jahren in München lebt Petra Brumshagen heute in der Nähe von Heidelberg, kommt aber regelmäßig und immer wieder gern ins Ruhrgebiet.

Werner Drewitz ist ein Kind des Ruhrgebiets. Aufgewachsen in den 50er Jahren des vorigen Jahrhunderts sicherte sich der Spross einer Arbeiterfamilie das Mathematik-Diplom an der damals neu erbauten Ruhr-Universität. Beruflich war er dann jedoch im Management internationaler Unternehmen tätig und lebte mehr als zehn Jahre im europäischen Ausland und zuletzt sechs Jahre in Nordamerika. Nach diesen Wanderjahren kehrte der stolze Vater von drei Töchtern Mitte des letzten Jahrzehnts in seine Heimatstadt Bochum zurück und berät heute Firmen zwecks Verbesserung von Strategie und Innovation. Der Autor Drewitz zeigt sich beim Schreiben vielseitig: „Nicht die Form ist entscheidend. Wenn eine Idee vorbeigeflogen kommt, muss man sie nur festhalten!"

Dr. Birgit Ebbert wurde 1962 in Borken/Westfalen geboren. Nach einem Studium der Pädagogik, Psychologie und Soziologie arbeitete sie mehrere Jahre als Führungskraft in verschiedenen Institutionen, ehe sie sich 2006 als Autorin und Lernbegleiterin selbstständig machte. Neben Lernhilfen und Ratgebern schreibt sie Romane für große und kleine Leser und Geschichten im Auftrag von Medien und Agenturen. Ihr aktueller Kriminalroman „Falsches Zeugnis" spinnt einen Kriminalfall rund um das Tagebuch der Anne Frank und in der Anthologie „Wer mordet schon im Ruhrgebiet?" führt sie die Leser mit 11 Krimis und 125 Freizeittipps durch die Metropole Ruhr. 2013 wurde Birgit Ebbert als Albschreiberin ausgewählt, seither berichtet sie in ihren Blogs www.birgit-ebbert-blog.de und www.birgit-ebbert-fotos.de über ihre Recherchen, Projekte und Begegnungen.

Kirsten Engelhardt, 1964 in Bochum geboren, studierte an der Ruhr-Universität Bochum Orientalistik, ersetzte das Studium durch eine Ausbildung zur Tischlerin und wechselte 1990 ins Verlagswesen, wo sie zunächst als Vertriebsleiterin, später auch als Redakteurin arbeitete. Ihre ersten Texte schrieb Kirsten Engelhardt 1991 für das Studierendenmagazin „Unicum". 2004 absolvierte sie ein berufsbegleitendes Abendstudium an der Düsseldorfer Akademie für Marketing-Kommunikation. Die Autorin lebt und arbeitet als Marketing-Kommunikationswirtin und freie Journalistin in Hattingen an der Ruhr.

Ulrike Engels-Koran, 1958 in Heinsberg geboren, lebt seit 25 Jahren in Xanten. Sie hat immer schon sehr viel gelesen, kam aber erst spät dazu selber Texte zu verfassen. Seit drei Jahren schreibt sie im Duisburger VHS-Online-Schreibforum, wo sie sich vorwiegend Kurzgeschichten und Geschichten für Kinder ausdenkt. Dies ist ihre erste Veröffentlichung.

Marco Fileccia ist gebürtiger Oberhausener, Immigrantenkind der zweiten Generation, mit einem Vater, der – damals typisch – zuerst auf der Zeche, dann bei Thyssen im Stahlwerk gearbeitet hat. Marco Fileccia arbeitet als Lehrer.

Alexandra Leicht wurde 1970 geboren und lebt in Bochum. Sie hat in mehreren Anthologien veröffentlicht sowie ein Jugendbuch herausgebracht: http://www.braeutederlandstrasse.de.

Dr. Sarah Meyer-Dietrich, Jahrgang 1980, wuchs im Ruhrgebiet auf. Seit 2000 veröffentlicht sie Kurzprosa in Anthologien und Literaturzeitschriften. Sie studierte Wirtschafts- und Kulturwissenschaften und promovierte anschließend. Seit 2012 ist sie Geschäftsführerin des Friedrich-Bödecker-Kreises NRW. Sie gewann den Richtungsding-Preis 2012, zwei Jahre später den Förderpreis des Literaturpreises Ruhr und belegte den 1. Platz im Ruhrgebietsliteraturwettbewerb der Ruhrpoeten e.V. 2015.

Astrid Plötner wurde 1967 am Rande des Ruhrpotts im westfälischen Unna geboren. Ihre Vorliebe zum Schreiben entdeckte sie recht früh. Der Beruf als Kauffrau im Einzelhandel und die Gründung einer fünfköpfigen Familie ließen zwar wenig Zeit für literarische Ergüsse, brachten aber einigen Zündstoff für kriminelle Ideen, die seit 2008 in ihre Kurzkrimis fließen. 2012 erschien ihr erster Roman „Tod und Täuschung" im AA-VAA-Verlag. 2013 und 2014 wurde sie mit ihren Kurzkrimis „Ausgemobbt" und „Mordsmasche" für den Agatha-Christie-Kurzkrimipreis nominiert. 2016 wird im Gmeiner-Verlag ein Lokalkrimi der Autorin erscheinen. Astrid Plötner ist seit vielen Jahren Mitglied der Autorenvereinigung „Mörderische Schwestern e.V.". Weitere Informationen unter www.astrid-ploetner.de.

Manfred Vollmer, geboren 1944 in Torgau/Elbe, absolvierte nach dem Abitur ein Fotografiestudium an der damaligen Folkwangschule für Gestaltung in Essen-Werden und schloss dies 1970 mit dem Folkwangpreis ab. Seitdem ist er als freier Fotojournalist tätig. Bisher wurden diverse Bildbände im Klartext Verlag veröffentlicht, zuletzt „Mein Revier. Ein Vierteljahrhundert im Bild – Das Ruhrgebiet von 1965 bis 1989" 2012.